街道茶屋百年ばなし

元治元年のサーカス

岩崎京子
Iwasaki Kyoko

石風社

街道茶屋百年ばなし　元治元年のサーカス　◉もくじ

おけいちゃん

鶴見上町の一膳めし屋は「ろくいむ」と呼ばれていた。六右衛門《ろくいむ》は主人の名である。「たちばな屋」という結構な名があり、油障子《あぶらしょうじ》にも、赤い幟《のぼり》にもちゃんと書いてあるのに、村うちでは「ろくいむ」の方が通りが良かった。

土間は狭くて、詰めてもせいぜい五、六人しか入れないが、日替りのウコギめしとかアサリ御飯の丼《どんぶり》ものは人気があった。酒も飲ませてくれるが、それについてくる一皿盛りも、これまた評判が良かった。

「とっつぁんよ、店をひろげちゃどうなんだい。とっつぁんの腕なら、小《こ》座敷のひとつやふたつこせえて、いっそ小料理屋の看板出しても当たるぜ。」

「ま、そういう夢を見ることもあるけんどよ。とても、とても。」

六右衛門は笑って手を振った。一膳めし屋で結構、結構。欲を出して広げたら、客はひく。食べもの商売というのは、そういうもんよ。

それに、この繁盛も実はごく最近のことで、娘のおけいが手伝うようになってからであった。

おけい、十二歳。小柄で子ども子どもしていて、十歳くらいにしか見えない。もちろんおしろいっ気なんかないし、着ているのはいつも木綿の縞《しま》だが、赤い前掛けだけが新しく、本人もそれがうれしくってしょうがない。

「おけい、お銚子《ちょうし》、ついたぞ。」

「あーい、おとっつぁん。」

「青菜のごまよごし、吾平さんだよ。」

「あいよ、おとっつぁん。」

「おけいちゃんよ。おめえのその返事がいいねえ。」

「ちょこまかとよく動くねえ。」

「ふんと、働きもんだ。おけいちゃんは。」

などと客がはやすもんだから、おけいは余計《よけい》張り切る。

「ろくいむ」では、おかみさんが裏で野菜を洗ったり、皿を拭《ふ》いたりで、もうひとり給仕がほしかった。

　六右衛門は女の人でも雇おうかと思った。それまでの間《ま》に合わせに、娘のおけいを手伝わせたのである。ところがこれが、間に合わせなんてものじゃない。思いがけず役に立っているのであった。

「おけいちゃん、いるか、おっ、いた、いた。」

と入ってくるごひいきもできた。

「おけい坊、これは、得意先で茶うけにむらったもんだけんどよ。おまいさんになめさせたくって持って来た。うめえぞ。食ってみろって。」

担ぎ商人《あきんど》がふところから懐紙にひねったのを取り出した。白砂糖がちょっぴり入っていた。

「ほれ、なめてみろって。」

「あとで。」

「さっさと口に入れちまいなって。ほれ、よう、ねえ、おけい坊。」

客はしつこい。かわいがってくれるつもりはわかるが、おけいはほかの客の手前もあるから、照れ臭くってかなわない。

「あとで。それよか、おじさん。今日の一品もりはむきみとアサツキのぬたですよう。味の方がどんなもんだか……。お口に合うといいんですけど……。」

この口上《こうじょう》には、土間《どま》じゅうが大笑いになった。

気がつくと、太鼓の音がして来た。

このところ、この時刻になるとお宮で神楽《かぐら》ばやしの稽古《けいこ》がはじまるのであった。

世の中がうっとうしいので、お祭りでもやって、ぱっと景気直しをやろうと、村じゅうが沸き出したところであった。

「おっ、たいこの音が冴《さ》えて来たな。松蔵だな。」

松蔵は船宿《ふなやど》の若い衆だが、何をやらせても器用にこなすお祭り男で、こういう時には花形になった。

粋《いき》でいなせな、その松蔵が稽古を終えてお供《とも》の卯之吉《うのきち》を連れて「ろくいむ」にやって来た。

とたんにおけいはぱっと目を輝かした。

「いらっしゃーい、松ちゃん。」

「あれっ、おけいちゃん、きょうは何かあんのけ。」

「どうしてさ。」

「髪がきりっと結《ゆ》えてるもん。似合うじゃねえか、このう……。」

「おせじなんかゆっちゃって。」

「おっ、かわいくねえ。素直にうれしがれってんだ。」

「松ちゃんはどこ行っても、誰にでもそういってんだもの。」

おけいだって負けていない。けれどもいい若い衆の松蔵が、子どものあたいを問題にもしてくんないのはわかってるよ。それでも松ちゃんが店に来てくれただけでうれしい。

その後ろからのそっと入って来た卯之吉は十六歳。口が重い。たまにもごもごいうけれど、何をいっているのかわからなかった。

「えっ、卯之さん、何かいったの？　じれったいねえ。はっきりおいいよ。」

「…………」

おけいに詰め寄られると、卯之吉は赤くなって、余計口ごもった。おけいはつい気の毒になって、それ以上いえないこともあるが、

「しっかりおしよ。」

と、背中を叩きたいくらいいらいらしてくることもあった。こっちもずっと年上なのに卯之吉の顔を見ると、おけいはいつも姉だか母親の気分になってしまう。


客があらかた帰ったのに、松蔵と卯之吉はまだ隅《すみ》っこにいた。

「おっかちゃん、浜のあんちゃんたち、どうしよう。店がかたづかないよう。」

「いいから、すこし休ませといておやり。」

「だって、松ちゃん、たいこの練習があるんじゃないかねえ。」

「だれか呼びに来るよ。」

大分たって、洗いものを済ませてからおけいが店をのぞくと、ふたりはまだしんみり話し合っていた。

「おっかちゃん、おっかちゃん。浜のあんちゃんたち、やっぱりへんだよ。何かあったのかねえ。」

「さあね、あの年ごろの奉公はつらいことばっかりだ。ことにこういやなことだらけの世の中じゃねえ。」

嫌なことだらけか……。そういえばどうもこのところ店にくる連中も前ほど陽気でなくなったと、おけいは思った。

一杯の酒で泣き出したり、愚痴《ぐち》をこぼしたり、中にはわめき散らす人までいる。しっかり者でも十二歳のおけいは恐くてしょうがなかった。そんな時はおっかさんが代わってくれた。

「前はこんなことなかったよねえ。みんな気持ちよくのんでくれたね。」

「ああ、そうだね。今、村の衆は気が立ってるのさ。いらいらすることばっかだもんね。こう助郷《すけごう》が多くっちゃね。」

鶴見は東海道沿いの村である。村の者は荷物を運ぶ人足《にんそく》として神奈川宿《じゅく》に駆り出されていた。これを助郷というのだが、このところ東海道の上《のぼ》り下《くだ》りの客がぐっと多くなっていた。したがって人足の用事も増えていた。

「ほれ、うちのおとっちゃんも何回か番が当たって御役《おやく》に出ていったろう。その度に店《みせ》をしめなくちゃなんなくて、困ったのはおけいも知っているだろう。」

「今、ちょうど田んぼや畠がいそがしい時だもんね。」

そこを働き手と馬を呼び出されるので、田んぼ仕事はちっとも進まず、これでは秋とれるものもとれやしない。村の連中がいらいらするのも当然かもしれない。

「松ちゃんは御役だろうか。卯之さんは御役じゃないよね。まだ、子どもじゃないか。」

「子どもとはいえないよ。十六歳だってぇじゃないか。一人前だよ。逃げられるもんか。仕事のできるあんちゃんたちをとられるよりって、親方は卯之さんにかわりをさせるんだよ。」

おけいは気になって、柱の陰からのぞいた。すると、

「どうなのさ、卯之。はっきりしなよ。えっ、どうなんだよ。」

と、松蔵は卯之吉の肩をつかまえて揺すぶっていた。

「ねえ、おっかちゃん。浜のあんちゃんにきいておやりよ。やっぱりなんかあるんだよ。」

そこでおかみさんは、「ほっといてやるほうがいいんだけどね」といいながら、熱い番茶を入れて、持っていった。

「こみいった話かい。」

「い、いえ、なんでもねえ。」

「なんでもないって顔じゃないよ。おけいのやつもあんちゃんたちがしんみりしてるって心配してるよ。」

おけいは赤くなって、柱に隠れた。松蔵はちらっとこっちを見たけど、いつものような笑顔ではなかったし、卯之吉はうつむいたまま、顔もあげなかった。

「いってごらんよ。相談にのるからさ。」

「うん、じつは……。夜にげしべぇって思ってよ。」

「なんだって？　夜にげ？」

柱の陰のおけいはびくっとした。松ちゃんが夜逃げだって？

「船宿の奉公なんて、あきあきした。浜にゃなんにもいいことないしさ。助郷ばっかさせられて。」

「あれ、船の仕事なんて結構じゃないか。海に出ちまえば、うるさい親方はいないし、せいせいするんじゃないのかね。」

「いやだ、いやだ。客はいいたい放題。あっちいけ、こっちいけ。漕《こ》ぎ方が下手だ。ゆらすな。ちっとおとなしいなと思や、よくねえ相談してやがる。陸《おか》じゃ耳があるからできねえだろうけどよ。」

「そんなもんかねえ。卯之さんもそう思うのかね。」

するとすると卯之吉がいう前に、松蔵が代わって答えた。

「こいつは舟漕ぐのが、性《しょう》に合ってるっていいやがるんで。でもよ、卯之。もしもだよ。一丁前になったとしても、浜でめし食えるかどうかよっく考えてみな。めしの食えるとこへ行こうよ。」

「めし食えるとこって、松ちゃん、そんなとこあるのかい。」

「江戸があらあ。」

「でもさ、江戸には仕事のないもんがいっぱいいるっていうじゃないか。」

「おらの叔父貴《おじき》てえのが、左官の出職《でしょく》してんだ。そこへひとまず行ってって。」

「叔父さん、来いっていったのかい？」

「だからさ、押しかけてって頼むんだよ。なんとかならあな。それなのに卯之のやつ、煮えきらねえ。」

「卯之さんは気のりしないんだね。何も迷ってるもんまで誘わなくたって、いいじゃないか、松ちゃん。」

「もともと卯之のやつが親方におこられて泣きやがるから、そんなら一緒に行くかといってみただけだ。」

「いつ、行くのさ。」

「だから……。卯之がうんといったら今夜にでも。」

松ちゃんが行ってしまうって……。おけいは柱に寄りかかった。立っていられない気がしたから。松ちゃんが行っちまう。これはおけいにとって一大事だ。

「あれっ、松ちゃん、お祭りの方はどうすんのさ。松ちゃんがいなきゃ、ここのお祭りははずまないじゃないか。」

思わずおけいは飛び出していったが、松蔵は、

「ふん、祭りなんか……」

といった。

もっとも夜逃げどころではなくなった。

世の中なんて、何が起こるかわかりゃしない。つまり、ふたりは夜逃げをしそこなってしまったのである。


その夜、またまた代官所から、東海道の村々へ荷運びの呼び出しがあった。

問題は運ぶ荷物だが、今度のは大変な代物《しろもの》で、ちょっと厄介《やっかい》であった。

「鎌倉海岸で大筒《おおづつ》の稽古がある。その大筒及び諸道具一式を運べ。」

というのであった。

弘化《こうか》から嘉永《かえい》（一八四四―一八五三）にかけて、異国船が近海に出没するようになった。

やれ伊豆沖を黒い船が通った、メリケンの軍艦だろうか、クジラ捕《と》りの船だろうかとか。

やれ、イギリスの船がやって来て、海岸を測量していったとか、あるいはロシアの船が、漂流していた日本の漁民を助けて、送り届けて来たとか……。その度に幕府はいちいち神経を立てていたのである。

現に何日か前もイギリスのマリナー号とかいうのが浦賀にやって来たとか……。幕府も海防に力を入れざるを得なくなった。鎌倉海岸での大砲の演習もそのあらわれだが、それを運ばせられる街道筋《すじ》の村々では大迷惑であった。

困ったことに、ちょうど鶴見橋は、掛《かけ》替えの工事をやっていた。それがどんなに急いでも、とても演習の日に間に合わない。

鶴見村の名主《なぬし》、佐久間権蔵《ごんぞう》と、市場村の名主、添田七郎左衛門は、

「おそれながら……」

と、大砲や弾丸の通行の延期を、代官所に願い出た。もちろん許されるわけがなかった。

「何、橋が使えぬ？　では、船で渡せ。川崎の宿《しゅく》でも六郷川を船で渡すことになっておるぞ。

鶴見川でも船を使ったらいい。」

冗談じゃない。川底は砂が溜《た》まって浅くなっている。重いものを載《の》せたら、船は底をすって動くもんか。

ぶつぶついったって、通らない。結局やらされることになった。しぶしぶ工事中の橋と仮の橋との間に舟着き場をつくった。

そのために、市場村、鶴見村から人足が三十人ずつ駆り出された。舟を動かす船頭としては、松蔵と卯之吉が動員されたというわけであった。

「おめえらは運がいい。なんといっても今度のは賃金がいいからな。昼は四十八文《もん》。夜にかかれば百文だ。うめえ話じゃねえか。」

親方は松蔵と卯之吉にいった。「ふん、御役はいつもおしつけやがって……。恩にきせやがる」と、松蔵は思ってもそこは調子がいい。

「そいつは破格な話で。よし、がんばろう。な、卯之。」

本当のところは、何でもかんでも逃げ出そうと思っていたが、四十八文が、夜にかかると百文。悪くねえ。夜逃げは日延《ひの》べだ。百文てえのをもらってからでも遅くはねえというところであった。

この時運んだ大筒というのは、三貫《かん》七百目《め》玉の大筒、五貫目玉のもの、二貫目玉のものそのほか道具一式であった。すべて伊豆韮山《にらやま》でつくった臼砲《うす》と弾丸であった。それが大八車《だいはち》に十五台、どれもずしんと重かった。間に合わせの土嚢《どのう》を積んだ舟着き場はぐっと沈んで、車をとられ、大筒がずり落ちそうになった。

「大筒を水につけるな。さびが出たら使えぬからな。」

係の役人は金切り声をあげ通しであった。

人足泣かせのおっかない荷であったが、

「四十八文、夜にかかりゃ百文。」

と口の中で唱えながらふんばるしかなかった。

大筒を載せると、船は嫌な音できしむし、ぐぐっと沈んだ。ざざざざっと底をする。役人も見物していた村の人たちも、何度冷《ひや》っとさせられたか……。

御役が終ると、松蔵は卯之吉を連れて「ろくいむ」に転がりこむようにやって来た。

「腹がへって、目がまわりそうだ。なんかあるけ、おけいちゃん。」

「大変だったねえ、松ちゃん。裏で足洗いなよ。泥がついてるよ。きつかったんだろ。」

「なあに、潮《しお》が満ちてくる時刻てえのを、おらっち船頭にはわかってたんでよ。だからその前にわざとがりがりいわせて、お役人様をからかったてえわけさ。なあ、卯之。」

これで松蔵も夜逃げ、夜逃げといわなくなるだろうと、おけいはほっとしていた。

ところが、そうはいかなかった。次の夜卯之吉はひとりで「ろくいむ」にやって来た。

「あれっ、松ちゃんは?」

「出てった。」

「ええ、出てったって、逃げたのかい。」

「そ、そうらしい。」

「そうらしいって、卯之さんだって誘われてたんじゃないのかい。」

「黙って出てった。」

「行く先は?」

「わかんねえ。」

「一緒に寝起きしてたんだろう。わかんないってのは、どういうことだよ。」

おけいは卯之吉に詰め寄った。

本当は松蔵は、竹屋の庄八の娘ちせを呼び出して、一緒に江戸に出ていったのだが、卯之吉は黙っていた。おけいが松蔵にあこがれているのを知っていたからである。

丑年《うし》（嘉永六年＝一八五三）の夏は暑かった。誰もがこの暑さはただごとではないと思っていた。何か起こらなきゃいいが……。

殊《こと》に六月に入ったとたん、夜もじっとり暑さがのしかかってくるようで、寝苦しかった。その中を神楽ばやしの稽古が一晩中聞こえていた。いよいよ祭礼が近づいていたからである。

六右衛門は寝つかれず、とうとううちわを片手に、外に涼みに出た。いくらか海からの風があり、息をついた。そのかわり太鼓の音が近く聞こえた。

「誰だよう、あのたいこは。いい音出たなと思うと、手ぬいて一本調子になる。この暑い中、余計寝られやしねえ。」

六右衛門はうちわをぱたぱたいわせた。これも寝られなかったのか、おけいが寝床からはい出して来た。髪の毛が汗で額《ひたい》に貼りついていた。

「やっぱ、浜の松蔵の腕はたしかなんだ。あいつがいなけりゃ、たいこもいい音出ねえなあ。いい加減なやつだったが……。ほかのやつがしゃかりきになってけいこしても、あの音は出ねえもんな。」

おけいの顔がちょっとゆがんだ。その頃になると、松蔵が竹屋小町のおちせと駆け落ちしたことは「ろくいむ」にも伝わっていた。それを聞いた時おけいは青くなったが、それだけのこと。でも今でも、松蔵の名を聞くと、棘《とげ》が刺さった時のようになる。

するとその時、全く突然、神奈川宿の方から早馬《はやうま》が埃《ほこり》を巻いて駆けて来た。街道筋の者にとって早馬なんか珍しくもなんともない。

でもこの夜更《ふ》け、そろそろ子《ね》の刻（午前一時ごろ）の早馬は穏やかではない。おまけに続いてまた、だだだだっと二頭目が駆け抜けていった。乗っていたのは陣笠の武士であった。

「どこの御家中《ごかちゅう》だい、おとっつぁん。」

「ああ、江戸のお屋敷に御注進《ちゅうしん》、御注進かねえ。きっとお家騒動だ。」

そこへ続いて早駕籠《かご》、早飛脚《ひきゃく》、またまた早馬と続いた。これはお家騒動なんていう呑気《のんき》な沙汰《さた》ではなさそうだ。父と娘は顔を見合わせた。

「表がやかましいな。何かあったのかね。」

隣りの鍛冶《かじ》屋の一家も目をこすって起きてきた。

そこへ隣りの村から、村継ぎの知らせというのがやって来た。これは順送りで、市場村に伝えることになっていた。

「大変だ、大変だ。」

「ど、どうした、血相《けっそう》変えて。」

「血相も変るさ。おどろくな。でっけえ異国の船てえのが浦賀の沖にやってきた。」

「なんだ、海賊船か?」

「メリケンの軍艦だとよ。四隻《せき》もだぞ。」

「何しに来たんだ。」

「きまってらあな。戦《いくさ》しかけに来たのよ。」

気がつくと、街道のあちこちに村の人たちがかたまり、ひそひそやっているのが夜目《よめ》にもわかった。

「どうだ、浦賀まで行ってみっか。」

鍛冶屋がいった。

「よしなよ。七貫目玉でも食らってみろ。」

「なあに、ひょいとよけりゃいいべ。異国船てえのを見たら、すぐ帰ってくらあ。浦賀までひとっ走りよ。」

「そうだな。行ってみっか。」

もっとも鍛冶屋も六右衛門もどれほども行かれず帰って来た。神奈川宿の先、浦賀道の何ケ所か、早くも木戸ができて、道止めであった。

それにしても黒船の噂の伝わり方の早いこと。もうその夜のうちに浦賀から江戸の間の村々に知れ渡って、

「メリケンが攻めて来た。メリケンが戦をしかけて来た。」

と、大騒ぎであった。

どこやらのお寺では、ぼんぼん、大かがり火を焚《た》き、黒船調伏《ちょうぶく》の祈祷《きとう》をしたそうだ。

次の朝、船宿の卯之吉が舟で浦賀に行ったらしいという噂が、「ろくいむ」に聞こえて来た。

「聞いたかい。おけい。」

おっかさんは大根を洗いながらいった。おけいはアサリのむき身をこしらえていた。

「卯之さんもかわいそうに。黒船につかまったら、血ぃしぼられて海にぽいだよ。メリケンじゃ血で染めものをするんだとさ。」

「どうして、黒船なんかに行ったのさ。」

「それがなんでも川崎の奥の登戸《のぼりと》ってえ所から、何人か来てさ。舟をかりたいっていうんだって。『釣りですか。もうアイナメは終っちまいましたが、アジなら……』『いや、舟遊びだ。磯をひと廻《まわ》りしたら、気分がええと思って』だと。なあに、黒船見物さ。こわいもの見たさだよ。」

「卯之さんって、よくよく運のわるいシトだねえ、おっかさん。」

「船頭たちはみんなおっかながるんで、親方は卯之さんに押しつけたのさ。」

アサリをむいていたおけいの手が止まった。

「ことわりゃいいのにさ。ばかだよ、卯之さん。」


二日くらいたってからであった。卯之吉が帰ってきたらしいと、おけいが聞いたのは。土間を掃いていたおけいは、箒《ほうき》を放っぽり出して、船宿へ駆けていった。

「卯之さん、本当に卯之さんだね。足、あるね。幽霊じゃないんだね。舌出してみて、ある、ある。抜かれなかったね。血は？　血はしぼられなかった？」

おけいは卯之吉に飛びついて、あちこちさすった。

「よ、よせよう、おけいちゃん。」

親方や兄《あに》さんが笑っているので、卯之吉は閉口した。それでも、松蔵がいなくなって一時しおれていたおけいが、また元のおけいに戻っているのが、卯之吉にはうれしく思えた。

「卯之さん、血をしぼって、メリケンが何するか知ってるのかい。染めものするんだよ。」

「…………」

「黒船に行って、よく帰ってこられたね。異人には会ったんだろ。」

「ああ。」

「おっかなくなかった。」

「ああ。」

卯之吉はおけいを、親方たちから見えない横町に引っぱっていった。そして、ちょっと息をつくと、突然しゃべり出した。

「異国船の真下まで行って見上げて来た。三千石、いや、もっとでっけえのがひい、ふう、みい……四隻だ。おら、あんなでっけえ船見たことねえ。まるで島が四つ突然できたようだった。海いっぱいふさいでた。」

おけいはあぜんとしていた。

卯之さんが止《と》めどなくしゃべってる。どうしたのさ。いったい何があったのさ、卯之さん。

「帆柱や煙突がまるで島に生えてる木みてえだったよ。中の二隻は横っ腹にでっけえ水かき車がついていた。凪のねえ時、そいつが働くんだと。さしわたし四間（約七・二メートル）はあった。太《ふて》え煙突からは黒い煙がもくもく出てるしよう。」

「…………」

おけいは不思議でしょうがない。卯之吉が目を輝かしている。こんな生《い》きいきした卯之さんを見たの、初めてだ。

「メリケンの船がやって来ることについちゃあ、おかみ（幕府）は知ってたんだと。おらの乗せた客ってえのは、登戸の村役人でさ。寺子屋の先生もしてるんだと。おらにも世の中をよっく見ろ、目をあけて見ろっていってた。メリケンの黒船が来るのは、オランダ商館から内緒《ないしょ》で知らせて来てたんだと。でもよ、老中だかなんだか、えらいのが握りつぶしてたらしいや。おかみの無能ぶりはあいそがつきるってさ。舟の上だから誰もきいちゃあいねえけどよ。おいらはらはらしたぜ。おけいちゃん。」

「…………」

「おえらいさんたちはどうしていいかわかんなくて、毎日小田原評定《ひょうじょう》てえやつをだらだらだらだったろうって。そいつの結論出ねえうちにメリケンの黒船の方が先に来ちまったのよ。」

「…………」

これ、本当に卯之さん？　キツネでもついちまったんじゃないだろうね。

「浜はどこも黒船見物でいっぱいだった。おらっちみてえに小舟で来るやつもいた。」

「こわくなかったの、卯之さん。」

「そりゃあな。客がもっと近くへ寄せろ、真下につけろっていわれた時はびくびくした。メリケンがおこって鉄砲でも撃《う》つかもしんねえもの。」

「…………」

「一晩じゅう浜では警固の武士が銅鑼《どら》やら鐘《かね》やらを鳴らしてた。何ケ所もかがり火をたいてた。」

「…………」

卯之さんが変わっちまった。あのぐずでのろまで、はっきりものがいえず、もごもご口ごもっていた卯之さんはどこかへ行っちまった。

男の人って、ひとつ所《ところ》にじっとしていないんだ。いつもどこか遠いところを見てる。松蔵だって、卯之吉だって、ぎゅっと握りしめてたはずの手の中から、すり抜けてしまうんだもの。

実は卯之吉自身、自分が変わったので、内心驚いていた。黒船という何とも得体の知れない怪物を見た瞬間の、あの衝撃で変わっちまったんだろうか。

それとも、もしかして……、自分をいつも押さえつけていた兄貴分の松蔵がいなくなった解放感だろうか。いなせで、粋で、口はうまい、何をやらせてもそつのない松蔵を見ると、自分はいかにも不器用だったし、ものもいえなくなっちまう。

「おけいちゃん、おかぐらの練習はきょうはないのかねえ。たいこの音がして来ねえじゃないか。」

「のんきなこといってえ。お祭りなんて日延べだよ。黒船が来てぶっそうだもの。ね、卯之さん、黒船っておっかないんだよ。近づかないって、約束しておくれな。」

イッピンシャンの冒険

霧の中で大砲が鳴った。嘉永《かえい》七年（一八五四）一月、再び江戸湾にやってきたペリー艦隊の時報であった。

本牧《ほんもく》（横浜市中区）の浜の人たち、それからこの辺一帯の警固《けいご》に来ている鳥取藩の人たちは馴《な》れてしまったが、やはり評判は良くない。

「ペロリてえのは、大筒《おおづつ》が好きだなあ。」

「二、三十里はひびき渡っぺえ。赤ん坊は虫おこすぜ。」

「うちのやわな戸障子《しょうじ》は、その度にふわっとはずれるんでね。そろそろ来るなって頃合いにゃ、戸をはずしとくだ」

「はなは、『すわっ、いくさ』ってにげ仕度したもんなあ。時のしらせばっかじゃねえ。ペロリはうれしいっちゃ撃《う》つ。思い通りいかねえっちゃ撃つ……」

「あん時も仰天したわな。」

あの時というのは一月二十五日のこと。アメリカ大統領フィルモアの誕生日というので、祝砲が撃たれた。それが七、八十発もいんいん、長時間鳴りひびいたのである。

実はこの祝砲には、一応予告があった。黒船から下ろされたバッテイラ（ボート）がまっすぐ本牧の浜にやって来て、突き出た八王子の鼻という岩に、ペンキで何か書いていった。暗号のようで誰も読めない。たぶん観光客が記念に落書きしていく、あの手だろうと、役人はあわてて削り落とした。

ところが実はそれが祝砲の知らせだった。本牧ばかりでない。浜はあちこち書きちらしてあった。

長々とひびく号砲の理由はほとんどが知らないから大騒ぎになった。

その朝は殊《こと》に霧が深く、時の知らせの大砲くらいでは吹き払われなかった。それでもいくらか動いたのかもしれない。松の葉から雫《しずく》が、警固をしていた卯之吉《うのきち》の首筋に落ちた。

「卯之《うの》さん？　卯之さんだね。」

ふり返ると、鶴見の一膳めし屋「ろくいむ」のおけいであった。黒船の警備に徴用になった幼なじみの卯之吉を案じて何かというとやって来る。卯之吉としてはそれが困る。朋輩《ほうばい》からからかわれるもとだった。

「卯之さん、小屋をのぞいたんだよ。なぜ小屋で待ってないの。」

「な、なぜって。」

卯之吉は恨めしそうな顔をした。おけいちゃんが来るからじゃないか。でもそんなことをいったら怒り出すだろう。

「あのな、おらっち三度三度、お上《かみ》からたき出しをもらうんだ。おら朝のご膳、もうすませたよ」

「さ、朝のご膳、ささえて来たよ。」

「お上の兵糧《ひょうろう》場ってのをのぞいたけど、ありゃなんだよう。大釜で湯を煮て、その中に米をあけてさ、ざっと蒸しただけじゃないか。せっかくの米をそんなことして、うまいわけないだろ。卯之さん、めしがまずいっていったじゃないか。」

「でもみんながまんして、みそ汁、こうこで食ってるよ。」

「みそ汁ってのも、みそこしも使わないで、かんまわすだけだろ。実なんか当たらない人もいるってえじゃないか。ただの塩汁だって。そんなの卯之さんに食べさせるわけにはいかない。」

「まいったなあ。」

「きょうのにぎりめしはいり豆をたきこんであって、こうばしいよ。さ、食べなよ、卯之さん。」

その時、ホラ貝が鳴った。九つだと見張船に乗って部署につく合図だが、今のは五つで、予鈴であった。警備隊は陣鐘《じんがね》を使った。陣鐘は隊列をつくったり、歩いたりする合図であった。

「あ、大変だ。集合だ。」

卯之吉は今朝非番だったから、ホラ貝は関係なかったが、おけいから逃げる口実にしたのである。ところがそうはいかなかった……。


もめてるふたりの後ろから、「あのう……」と声をかけて来た人がいた。

「警備のおかかりで?」

自分は近くの浦で海苔《のり》を採《と》っている漁師で、八五郎だと名のった。この黒船騒ぎで、海苔場はめちゃめちゃ。警備の伝馬《てんま》船が出たり入ったり。大砲の玉よけに、土《ど》のうを積んだ船を海苔場近くに並べたり……。その文句かと思ったが違った。

「じつは……、異人がやって来て、エド、エドといってるだ。どうしたらよかっぺ。おまえさまは警備で、おらよか異人に馴《な》れていなさるべ。」

ベカ舟をあやつりながら、海苔を摘《つ》んでいたら、アメリカのバッテイラが海苔篊《ひび》の中につっこんで来た。

海苔を摘むのは干潮の間だけ、出ている枝からむしりとる。だから潮が差しはじめると気が急《せ》く。つい夢中になって、バッテイラの近づくのがわからなかった。それは濃い霧のせいだったかもしれないが……。

「ああ、こっちに来ちゃなんねえ。」

泡食って立ちあがった拍子に、ベカ舟は揺れて、せっかく積んだ海苔の桶《おけ》は転がり、半分ざざっと海へこぼれてしまった。それより篊《ひび》の傷《いた》む方が、八五郎には痛い。バッテイラはまだ摘み残している篊《ひび》を二列ほど倒していた。

そのバッテイラに乗っていたのは見上げるような大男であった。

「赤ひげ、赤毛、赤ら顔でよ。鼻がでっかくて。ほれ、絵草紙なんかに出てくる天狗よ。あれ、そっくりだった。」

と、八五郎はいった。

その異人は天狗にしてはおとなしいらしく、篊《ひび》の列をめちゃめちゃにしたのに気づいて、恐縮しているふうだった。

「でっけえ男がよ。すまなそうに頭かいたり、ぷかぷか浮いた海苔篊《ひび》を直そうとしたり、ありゃあ根っからのお人好しだわね。でもよ、さっぱりことばがわかんね。エド、エドっていってんのは、江戸のことだべか。」

「さあな。」

「異人と話してっとこ見つかりゃ、おとがめを受けべえ。ほんとのとこ、おら、おっかなくって、だめだ、だめだと必死で逃げようとしたんだわ。そしたら天狗のやつ、ベカ舟のふちおさえた。おらも夢中で櫓《ろ》でバッテイラを離そうとしたら、ひょいととび移って来やがる。やっぱし天狗だよ、天狗飛び切りの術だ。ベカ舟は馴れないと、上下左右にゆれて扱いにくいよ、それをひざでうまく拍子《ひょうし》をとるじゃねえか。」

「へえ、もしかすっと、その異人、故郷《くにもと》で船乗りか漁師なんじゃないの。」

おけいがいった。黙っていられないのは性分だ。

「その見当かもしんねえな。そっか、同業かよ。」

「その異人、どうすんのさ。ほっといていいの？」

「浜のイカ小屋にかくして来た。」

「あれ、イカ舟はおっつけ帰ってくるだろ。あぶないじゃないか、八五郎さん。」

「ど、どうしべえ。」

「異人は上陸さしちゃなんねえきまりだ。見つかってみろ。ことだぞ。」

「ああ、それでおら困ってるだよ。」

「江戸に行ってどうするつもりだろ、その異人。まさか将軍様をどうこうするてえことはねえだろうなあ。江戸見物てえとこだろうなあ。」

「どうしたらよかっぺ。」

「ふん、どうしべえ、どうしべえって。浜の衆に見つかったらその異人、番所に連れてかれるよ。ちょいと、八五郎さん、そのイカ小屋ってどこなのさ。」

おけいはいらいらしていた。

「ことを起こしてたらどうするのよ。」

おけいはふたりを引っ立てるようにして歩き出した。イカ小屋に来てみると、はたして大男の異人はおとなしく中に入っていなかった。八五郎と卯之吉は青くなった。

「だめだ、だめだ。かくれてなきゃあ。」

大男は八五郎を見ると、にこっと笑った。無類にいい笑顔であった。

「エド、エド……」

「わかった、わかった。」

「エド、エド。」

「名前はなんというんですか。ナ、マ、エ。ええとネーム。」

卯之吉が聞いた。時々アメリカの船員たちとしゃべったりしたことがあるので、ネームだけは知っていた。

「オオ、ネーム、イッピンシャン。」

「えっ？」

「イッピンシャン。」

「イッピンシャン？」

何度聞いても、イッピンシャンとしか聞こえない。そんなトッピンシャンな名前、あるもんか。三味線や茶つぼじゃあるまいし……。外人の名前は難しい。実はそのアメリカ人の正式の名前はビッテンガーであった。卯之吉たちが聞き違えてもしょうがない。町奉行司配組与力《よりき》の御用日記には、

「ベッヒンジャルリと申す者」と出ている。

なるほど八五郎のいう通り、見上げるように背が高く、出立《いでた》ちはというと、黒のももひき（ズボン）、黒い靴、薄茶の筒袖《つつそで》の上着で、衿《えり》と袖に飾りがついていた。腰には細身の刀をさげていた。

こんな風体《ふうてい》では目立ってしょうがあるもんか。浜のどんざでも借りて来て、背を丸めてもらったらどうだろう。つんつるてんだろうなあ。目立つことには変りはない。

「いっそ小屋にころがっている魚のかごに、手足ちぢめて入ってもらい、それをおらっちで

かついでいくてえことにしようか。」

イッピンシャンはまた、エド、エド……といい出した。

「わかった、わかった。江戸はあっちだよ。」

おけいが指さしたとたん、イッピンシャンはそっちの方へ飛び出した。


三人があわてて止めたけれど、イッピンシャンは日本語のわからないふりをした。

「エド、エド……」

と街道に出、どんどん歩き出した。足が長いから三人は小走りになった。

たちまち通行人に見つかり、ぞろぞろついて来る。これでは役人の目につくのも時間の問題だ。見物人を制しながら、大男のイッピンシャンの方も見張ってなくてはならない。

イッピンシャンはちょんまげが来るとふり返るし、店屋はいちいちのぞいた。

大通りのせんべい屋では、四角い火鉢に炭をかんかんおこし、網の上でせんべいを焼いていた。醤油の焦《こ》げる香ばしい匂いが通りまで流れてくる。

「どのおせんべいがやけたか。」くるり。

たれを刷毛《はけ》で塗って、またくるり……。イッピンシャンはそれが気に入ってしまった。せんべい職人は、せんべいを半分に割ると、自分がまずばりんと食べて見せ、あと半分をイッピンシャンに差し出した。

イッピンシャンは受け取ると、口に入れる。ばりんという歯ごたえか、醤油の味なのか、とにかく気に入ったらしく、イッピンシャンはうなずいた。その笑顔に、せんべい職人も満足した。

次は呉服屋をのぞいた。

「やれやれ、またかよ。」

卯之吉たちがうっかり油断をしていると、イッピンシャンはいなくなった。

「あれっ、どこ、どこに行った。」

「やっぱ、天狗だよ、八五郎さん、今度は葉がくれの術かよ。それともキリシタンの魔法か。」

「何いってんの、あそこ、あそこ。」

おけいはあごをしゃくった。あごの先は醤油屋の井筒屋であった。人だかりはさっきの二、三倍である。

あわてて、人だかりの肩越しにのぞくと、イッピンシャンはポケットからアメリカの貨幣を出しているところであった。たぶん日本のお金に替えてくれといっているのに違いない。

井筒屋でも大騒ぎ。こんなこと初めてだからだが、さすがに主《あるじ》は落ちついたもの。とっさにアメリカの貨幣を手にする商人は、江戸にもまだいない。こいつは看板になると計算した。貨幣は偉人の横顔の浮彫《うきぼり》と、羽を広げた鳥が彫ってあるのとあった。これが日本ではいくらになるのか……、とりあえずいろいろ取り混ぜて、一両三分《ぶ》を渡した。

もっとも後で、アメリカのドル貨幣は奉行所に取りあげられた。せっかくの店の看板にと思ったのにと、主はしぶったが、届けなければ重罪だといわれればしょうがない。

これは、ちいっと後のことだが偉人の横顔は目方《めかた》が六匁《もんめ》八分の銀、日本金にすると三分。鳥の方は七匁三分あり、日本金ではやはり三分であった。この取り決めは神奈川条約で決まった。

異人に渡した一両三分は、通辞《つうじ》に頼んで黒船に返してくれと請求するようにといわれた。

さてそのごたごたの間に誰かが通報したのだろう。子安村の名主《なぬし》徳兵衛が羽織《はおり》を引っかけて、駆けつけて来た。一足遅れて村役人たちも何人か来るし、奉行所の同心《どうしん》もやって来た。

卯之吉と八五郎は顔を見合わせた。

「こいつは危ない。これ以上イッピンシャンにくっついていると連れ出したおとがめがあるかもしんねえ。どうしべえ。」

「でもよ、八五郎さんよ。このまま逃げ出すのは不人情だぜ。見物衆にまぎれて見張っていよう。何かあったら助けべえ。」

ほんの短い、本牧から子安《こやす》までの道中だったが、このアメリカ人のまっすぐな人柄、恐いもの知らずの豪胆な気性、人なつこい性格がわかって、三人とも放り出せなくなっていた。

子安村の名主は、早速触れを出し雨戸を閉めさせた。井筒屋のように立ち寄られてはあれこれ面倒だ。

「女子どもは表に出るな。牛も見つからぬようにしろ。」

「牛？　何んで牛なんか。ああ、黒船の上で田を作るのかね。」

「いや、食べるためだ。」

「ひゃあ、牛は田おこしをする益獣《えきじゅう》だべ。アメリカ人てえのはそいつを食っちまうのけ？な、なんと野蛮な。」

「われわれが魚を食うのと同じ理屈だ。黒船から奉行所へ鶏《とり》二百羽、牛六十頭用意してほしいといってきたそうだ。」

その間も名主、村役人たちはイッピンシャンに向っていった。

「何とぞ船にお帰りを。ここは異人さんの禁止区域でございます。」

「今、この近辺は狂信的な攘夷《じょうい》の浪人たちが出没。危険でございます。生命の保証はできませぬ。」

何をいおうと、イッピンシャンの方はさっぱりわからないから平気なもの。ぶんぶん、わんわん、小うるさい虻《あぶ》か蝿の羽音にしか聞こえない。

「エド、エド……」

の一点張りであった。

小うるさい村役人たちをふり払い、なぎ倒し、歩き出すとあの長い足である。みんな小走りで追わなければならなかった。

名主はあわてて村継ぎ飛脚をたてた。竹に差した書状で
「江戸に行くという異人が一名、東海道をいくから、村々は何卒御油断これなきよう。」

隣り村の生麦《なまむぎ》から、続いて鶴見、市場《いちば》へと順送りに届ける知らせであった。

そのうち異人見物は、七、八倍に増えた。

「しょうがない。なるべく騒ぎをおこしたくない。大まわりだが裏山の間道をいったらどうでしょう。鶴見の入口で村役人が来て待ってるはずです。私はこれで帰ります。」

徳兵衛は同心にいった。

「何、それがしがひとりでか?」

「はい、その方がかえって異人を刺戟《しげき》しないでよろしいかと。」

「あいわかった。」

同心はひとかたまりの見物人をにらみつけると、「しっ、しっ」と犬を追うように制した。これ以上ついてくるなということであった。

三人は顔を見合わせた。

「ここでイッピンシャンを見放すなんて不人情はできねえ。江戸へ連れてけって頼まれたのはおいらだ。」

八五郎は息巻く。

「ね、いいことがある。聞いて、聞いて。」

おけいは目を輝かせた。

「ね、ここから間道に入ると、寺尾をまわるの。成願寺《じょうがんじ》さんの脇を通って、鶴見で大通りに出るわ。同心から異人をとり返すのはそこしかない。大通りに出たらまた村役人ひき渡しってことになって、人数もふえるでしょう。」

「とり返すって。おけいちゃん、そんなことできるかよ。」

「できなくって。」

おけいは拳《こぶし》を握ると、まっすぐふたりを見つめた。黒い目が燃えてる。あーあ、またおけいちゃんが火の玉になった……。

「いい、あたい卯之さんに持ってきたにぎりめしとこんにゃくの煮しめ。お役人にあげるわ。『お役目御苦労様』って。その場所は、ほら、稲荷堂があるでしょ。その裏手にいい水の出る泉があるの。その水くんでもってく。」

「それで？」

「あたいに目算がある。まかせて。あたいがにぎりめしとこんにゃくすすめている間に、ふたりで異人さんといっしょに草むらにとびこむのよ。」

「おっかねえ。見つかったらどうしるだ。」

「何よ、弱虫。男でしょう。」


さて鶴見村の名主は、知らせを受け取ると年寄《としより》、組頭《くみがしら》、百姓代などの村役人にも来るように使いをやると、待ち合わせの坂の下に行った。

そこへ生麦からも村役人たちがやって来る。市場からも駆けつけて来るで、終《しま》いには五、六十人にもなった。ところが肝心の異人がなかなかやって来ない。

「村つぎのしらせは、確かにこの場所か？　東海道の大通りをさけて寺尾道をくるって？」

「ああ、間違いない。そういう知らせだ。」

「変じゃねえか。おそいぜ。何かあったんじゃねえのか。」

ところでイッピンシャンと同心は、ぶらぶら裏山伝いに歩いていた。卯之吉、八五郎も木の蔭、草の蔭と、見え隠れについて行った。

イッピンシャンはこの雑木山《ぞうきやま》が気に入ったらしい。鳥の声がすると立ち止まり、同心に名を聞く。もちろん通じない。

「ワンダフル。」

イッピンシャンの足が止まった。枝越しに海が見えたからである。霧もすっかり晴れ、海は青く澄《す》んでいた。白い帆が二つ、止まっているのか、動いているのか、のどかな風景であった。この異人、長い航海で海なんて見飽《あ》きているはずなのに、松とか樟《くす》、あるいは椎《しい》の枝を通して見る日本の風景に何かを感じているのだろうか。

「ビューティフル。」

山茶花《さざんか》を植えた農家があった。イッピンシャンは入って行きそうになるので、同心ははらはらし、引き戻した。

イッピンシャンは通じないとわかっても、同心に話しかける。たぶん農家にどんな人がどうやって暮らしているのかと聞いているとは思っても、説明のしようもない。同心は持て余していた。

そこで卯之吉と八五郎は草むらから出ていくと、同心に挨拶をした。もちろんおけいに、「ほら、出番よ」とつつかれたからだが……。

イッピンシャンはふたりを見るとうれしそうに笑った。ふたりも笑い返す。同心にはなぜだかわからず、異人とふたりを見比べていた。

今度は澄ましかえったおけいが出てきて、同心に挨拶をした。

「お役目御苦労様でございます。鶴見『ろくいむ』の娘で、これはお疲れかと、にぎりめしをこさえて来ました。」

「いや、それがしは異人の見張り役。目を放すわけにはいかぬ。」

「あら、あのふたりが面倒見ているようです。ちょっとお休みを。これは鶴見の名水で……」

「いや、それがしは。」

といって異人を見ると、しきりにふたりに話しかけ、ふたりがうなずいているのであった。

右手の一段高い崖の上に、墓があった。それを異人は見つけた。

「この石は（と、指さした）、死んで（と、目をつぶり）、ここをほり（と、掘るまねをし）、うめて（埋める動作をし）、死者はここで安らかに眠っているのか（と、手枕をしてみせた)。」

それが卯之吉にも八五郎にも通じた。ふたりがその通りの動作をくり返し、うなずくとイッピンシャンは「わかった」というように、大きく首を振った。

「ほう、通じるね、八五郎さん。」

「異人も眠る時には、手枕をするんだな、卯之吉さん。」

そこでその後、ここを「手枕坂」と呼ぶようになったと、鶴見の名主の記録に残っている。

鶴見大学の前を左に登り、穴熊神社の左側を子生《こいけ》の坂口に出る。巾二メートルの四曲り、五曲りの坂で、大正六年頃、廃坂になった。

神奈川、子安の大通りも面白かったろうが、穏やかな坂道もイッピンシャンにとっては心の和《なご》む一時だったろう。

「この分なら、何も逃げ出さなくても、このまま江戸に行けそうだね、卯之さん。」

おけいは卯之吉にささやいた。すると卯之吉が答える前に、イッピンシャンが

「アイ」

といった。偶然だろうか。うまく合ったのでおけいが笑い出し、イッピンシャンもつられ、卯之吉、八五郎も笑った。訳《わけ》がわからぬまま、同心もわずかに頬をほころばせた。

一方大通りの村役人たちはいらいらし出していた。

「まだ来ぬ。おかしい。何かあったんだ。誰か様子を見にやろうか。勤王攘夷の浪士に出会って、やられたなんてこたあないだろうな。」

「まさか。」

するとそこへ、大声をあげてやってくる者がいた。

「毛唐《けとう》は通せねえ。毛唐はたたっ殺せ。」

何と鶴見村の臼《うす》屋の平五郎ではないか。

「大通りをふませるわけにはいかねえ。うち殺せえ。」

薪《まき》割りをかざして駆けていった。すると下《しも》町の農夫豊次郎がこれまた鍬《くわ》をふりかざして、平五郎に調子を合わせた。

攘夷の浪人どころではなかった。村の人たちがこんなまねをして……。あとでお咎《とが》めを受けるのは村役人たちだ。そこで皆で寄ってたかって取り押さえ、羽交締《はがいじ》めにして、武器を取りあげた。緊迫した世の中で、何が起こるかわからない。もしこれを放っといたら大事件になったかもしれなかった。

そんな騒ぎを知らないイッピンシャンは同心と卯之吉、八五郎、おけいともども和やかに坂を下りて来た。

「エド、エド……」

イッピンシャンは大勢の村役人たちの出迎えを見向きもせず、大股でどんどん行くので、みんなあわてて、またついて行った。街道は異人見たさに黒山の人であった。

とうとう川崎へ入った。ここで村役人たちは川崎の連中に引き継ぎをした。慣れてるというので、八五郎、卯之吉、奉行所司配の同心はついて行くことになった。

さて川崎は一段と賑《にぎ》やかな町並みであった。突然イッピンシャンは顔色を変え、街道の松の木の蔭に隠れるようにした。

「ど、どうした。イッピンシャン。」

卯之吉が聞くと、指をさした。それは朝日屋の土蔵の風穴であった。大砲の口と間違えたらしい。

渡船場に着いた。知らせが着いているので、川崎の名主は渡し舟を隠してしまった。

イッピンシャンはわめいた。舟を出してくれ。エドに行くといってるのだろう。

「エド、エド……」

「あいにく一艘《そう》もござらぬ。」

すると今度は川沿いの畑道を、大師《だいし》の方に行った。舟を探すつもりだった。そこは立花飛《ひ》驒守《だのかみ》の警固している本陣で、当然止められる。

イッピンシャンはいっこうに頓着《とんぢゃく》せず、相変わらず「エド、エド……」とわめいた。

その道に徳泉寺という寺があった。気を利《き》かせて、住職がお茶を出した。

「これ、なに。」

「茶と申すもの。」

「チャ？」

「チャ。」

少し落ち着いたのか、あるいは本来の好奇心からか、立花飛驒守の陣屋の幔幕《まんまく》をのぞいたりした。境内には「水吹きの井戸」があり、少し濁った水が吹き出していた。イッピンシャンはそれを指さして聞いた。

「チャ？」

「ちがう、ちがう。」

さっきふるまわれた茶が同じ色に見えたのだろう。

イッピンシャンは川岸に出ると、こうなったら泳いでも江戸に行くという具合に、ざぶざぶ水に入っていった。

役人が飛びこんでいって、引き戻そうとすると、刀を抜いておどかしたりした。いい加減皆もくたびれて、へたりこんだ時、ペリー艦長の手紙を持って、奉行所の役人が駆けつけて来た。

実は神奈川の奉行所では、ペリーに申し入れたのである。

「アメリカ人がひとり、遊歩区域から出て、江戸へ、江戸へと向かっていった。この行動は日本の国法にもとるもの……」

そこでペリーは、直ちに号砲を一発。

「全員帰艦せよ。」

の命令を出した。聞こえない所に行ってるかもしれないイッピンシャンには、手紙をことずけた。

イッピンシャンはその手紙を一読。握りつぶして四歩。それからもう一度手紙を広げ……、三歩進み……。そこで思い直して、もと来た道へとって返した。

生麦まで来て、そこから船で四人の若者に送らせた。漕《こ》いだのは卯之吉。八五郎も見送りの中に入っていた。

イッピンシャン、正確にはビッチンガー。三十歳。ペリー艦隊、サスケハンナ号付きの牧師であった。

黒い瞳のスーザン

一膳めし屋「ろくいむ」にたむろする常連たち、鍛冶屋《かじ》の源さん、大工の佐吉、木挽《こび》きの又蔵、桶屋《おけ》の伝さん、話題に詰まると、誰かが「生麦《なまむぎ》の事件の時はよう」とはじめる。

「おれは見たぜ。異人斬りをよ。」

すると後《おく》れをとっては……と、本当は見ていなくても、

「実はね、おいらも見ましたね。」

「おいらもだ。」

「へーえ、じゃなぜ役人が聞いてまわった時、『お恐れながら』っていってやんなかったんけ。」

「おめえこそ、知らね、見てねって逃げたじゃねえけ。」

「役人にいえっか。奉行所に呼び出されて後々うるせえもん。」

当時情報はこんな具合に伝わった。だからかなりいい加減なものだ。明治になって初めて、おおっぴらにしゃべることができたし、真相もわかった。

生麦事件というのは——

文久《ぶんきゅう》二年（一八六二）八月二十一日、イギリス人、男三人、女ひとりが馬に乗って、川崎大師《だいし》に見物に出かけた。鳩の舞うベネチヤのサン・マルコ寺院の伽藍《がらん》に似ていると人気があった。

そこに行く東海道の神奈川から川崎まで、居留地の外人が通っていい遊歩道になっていた。但し大名行列がある時は、「控えるように」というお達しが来る。もっとも、「金紋先箱《きんもんさきばこ》を先頭に、長柄《ながえ》の毛槍《けやり》が続く……」大名行列が見たいと、わざわざ出かける恐いもの知らずだっていないわけじゃない。

問題の薩摩藩の島津久光の行列は、八月二十二日という届けがあった。それを通知もしないで、一日早くやって来る方も悪い。世が世ならそれだけできついお咎《とが》めだが、幕府も今やその力がない。

参勤交代は大体四月ごろで、八月にはない筈《はず》だが、今回の島津家の行列は、勅使《ちょくし》の大原三位《さんみ》の護衛という大任があり、隊勢も四百人からになり、いつもの大名行列とは違った雰囲気であった。先駆けの武士数十名、次に鉄砲百丁、うち五十丁は猩々緋《しょうじょうひ》の袋をかけ、あとの五十丁は青羅紗《あおらしゃ》をかけていた。手廻りのかけ声も銃兵の号令となり、隊伍もびしっと決まっていた。

イギリス人の四人とは――

まず、チャールズ・リチャードソン。上海にいる商社マン。

上海のヨーロッパ人は、蒸し暑い夏、休暇をとって日本に旅行に行くのが習慣になっていた。それまでは長崎であったが、その頃は江戸に近い横浜に人気があった。今、横浜は攘夷《じょうい》の浪人がうろうろして危険だといわれたと思うが、それが又冒険心をそそるのかもしれない。実はリチャードソンは上海の仕事を切りあげ、故国に帰る事になり、その前に日本に寄った。

そして帰国の船の横浜出帆の日も決まっていたのに、それが二週間延期になった。

ウィリアム・マーシャル。絹の輸出商。横浜居留地委員会委員長。

ウッドソープ・クラークは横浜ハード商会社員。この会社はアメリカ系であるが、クラーク本人はイギリス人で、生糸《きいと》の検査員であった。

そしてマーガレット・ボロデール。香港在住の商人の夫人。マーシャル夫人は姉に当たる。この姉を頼ってやって来た。

東海道の遊歩道は、松の並木も結構だし、その上に富士山が見える。反対側は海で、白帆《しらほ》が浮かんでいる。この通りを居留地の連中は、「ジ・アベニュー」と呼んでいた。

それにしても居留地の外人たちは馬が好きで、よく遠乗りしてくる。ずんぐりした日本馬や蒙古馬と違い、アラビアのすっきりしたかっこういい馬が多い。おまけに女性までが横坐りで乗り、「よく落っこちねえもんだ」と、地元ではあきれている。

八月二十一日は旧暦で、今の暦だったら九月十四日に当たる。天気が良すぎて暑かったが、四人はのんびり楽しんでいた。

神奈川で東海道に乗り入れたのが午後二時、いくばくもなく大名行列に出会ってしまった。

「あれは島津公だ。サツマの大名だ。」

さすがに横浜に長いマーシャルは、漆塗《うるし》りの丸い笠の紋を見て、皆にいった。

「いいか、気をつけてくれよ。」

殊《こと》にはしゃぎ気味のリチャードソンに、「おさえて、おさえて」と注意したのに——。

先払いの藩士が手をあげて、「寄せろ、寄せろ」と合図する。

先頭のリチャードソンには、それが通じなかった。手のふり方で察したのかもしれないが、たまたま左は土手になっていて、それに張りつくか、あるいは少し戻って、田んぼのぬかるみに入っていくしかない。

鉄砲組は二列だったので、難なく通りすぎたが、次の小姓組は四列、続いて駕籠《かご》を近習たちが警護するので道いっぱいにふくらんで来る。

「ひき返せ」と大きく手を振っていた。リチャードソンは突然恐くなった。勝手がわからないのと、藩士たちの険悪な顔つきはただごとでなかった。

馬首を廻《めぐ》らそうとしたところ、馬も乗り手の動揺が伝わるのか、たたっと行列に踏みこんでしまった。

「無礼打ち。」

供頭《ともがしら》のひとりが刀を抜いて、飛び上がりざまリチャードソンに斬りつけた。運悪くその刀はリチャードソンの脇腹をえぐってしまった。後でわかったのだが、斬ったのは奈良原喜左衛門であった。自源《じげん》流の使い手である。

現場は、豆腐商の村田屋勘左衛門の店の前であった。

リチャードソンは片手で脇腹を押さえながら、十丁（一丁は約百メートル）程、神奈川の方角に逃げたが、ついに落馬した。桐屋とか藤屋など大きな茶屋の並ぶ辺りであった。そこで亡くなった。

「はい、薩州様の行列が通行した折、私の家の前で国籍不明の男三人、女ひとりが馬に乗ってさしかかりました。行列の御先手《さきて》衆が声をかけて制止されましたが、異人たちは聞き入れず、御駕籠に近づきました。その時御家来衆が異人の腰のあたりを斬りつけました。異人は神奈川の方に立ち去り、ひとりは深手の様子で、字《あざ》松原にて落馬し、相果て……」

これが走廻《はしりまわ》りの役人に対しての勘左衛門の答であった。続いて大工徳太郎の女房およし、水茶屋のおふじが、

「異人が落馬して間もなく、薩摩藩士が六人程やって来て……」

と証言した。その六人とは、明らかにリチャードソンの後始末であった。

「はや虫の息。これはとても助からん。苦しむだけだ。武士の情でござる。」

と、止どめをさした。そして死体をその先の細い川に落とし、海へ流すつもりだったらしいが、無理だと思ったのか、草の蔭に転がして去って行った。

マーシャルとクラークも十人程に襲われた。背中や肩を斬られ、いずれもかなりの傷であった。

マーシャルは義妹のマーガレットに、

「とにかく逃げなさい。」

と、叫んだ。婦人を助けることを第一に心がけているイギリス人だが、自分自身が重傷で、それが守れそうになかったからだ。

ボロデール夫人が逃げ出すのを見届けると、マーシャルとクラークは神奈川の本覚寺に駆けこんだ。そこにはアメリカ領事館があった。

たまたま居合わせた宣教師であり、医師の資格を持つヘボン（ヘプバーン）博士が応急の手当てをしてくれた。この人がローマ字（ヘボン式）でおなじみのジェームス・ヘボン博士である。

マーガレット・ボロデールも帽子をはね飛ばされ、前髪も切られていた。それだけで済んだが、恐ろしさに失心しそうであった。ただもう、馬の首にしがみついていた。馬の方が道を覚えていて、まっしぐらに居留地に帰ったのであった。

「かわいそうなチャーリーはなくなりました。多分あとのふたりも殺されていると思う。」

と、ボロデール夫人がいったものだから、居留地は大騒ぎになった。

「狼籍者《ろうぜき》をつかまえて、しばり首だ。」

暴徒となった居留民は、すぐさま駆け出しリンチをしかねない勢いだったから、イギリス代理公使ニールは必死で押さえた。

「まあ、落ちつくんだ、諸君。」

興奮している一同は落ち着けるわけがない。

「海兵一千を上陸させろ。戦争だ。すぐ薩摩の行列を追わせろ。」

「いやいや。軍事行動は好ましくない。」

冷静なニールを、みんなはやれ臆病だ、小心だと罵《ののし》る始末であった。

薩摩の行列はどうなっただろうか。神奈川宿《じゅく》はさっさと足早《ば》やに通過、一つ先の保土ケ谷《ほどがや》宿に向かった。しかも島津久光は本陣をさけ、別の旅館、沢潟屋《おもだか》に泊まった。イギリスの逆襲を恐れての事だった。

神奈川奉行阿部越前守正外《まさと》はあわてて、

「事件が落ち着くまで保土ケ谷に待機していただきたい。」

と申し入れたが、薩摩藩の方は、

「いや、英国が談判に来たら、わが藩が直接応対し、責めを負う。幕府に迷惑はかけぬ。」

と、さっさと保土ケ谷宿を発《た》ってしまった。幕府の役人どもは小うるさいし、その相手は煩《わずら》わしい。その上イギリスの兵隊が上陸して追って来たら面倒だ。

実をいうと、薩摩側では異人斬りを悪いとは思っていない。

「行列に向かって下馬《げば》もしない行儀知らずは斬ってすてて当然。」

それに、どこに行っても

「よくやった。よくえげれすを斬った。快挙でござる。」

の讃辞ばかりであったから、強気にもなる。

夜に入って、イギリスの赤隊——赤い軍服だったので、そう呼ばれていた——が、鉄砲担いでやって来た。

行列の一番最後（多分中間《ちゅうげん》級）が、大分遅れて三人程やって来た。イギリス兵は丸に十の紋の提灯《ちょうちん》目がけて発砲した。

驚いたのなんの……、三人は近くの寺に飛びこんだ。当然赤隊も追ってくる。

「やい、薩摩の兵を出せ。」

「はあっ？」

「三人ほど逃げこんだろう。」

「な、なんですか？」

言葉がわからないふりをして、ぐずぐずしているうちに、三人は裏の垣根を破って逃げてしまった。

イギリス代理公使ニールは幕府に厳重に抗議して来た。

一、正式に謝罪をしてもらいたい。

二、薩摩の行列を停《と》め、狼藉を働いた下手人《げしゅにん》を差し出せ。

三、賠償金を幕府は十万ポンド（約三十万両）、薩摩藩は二万五千ポンド（約七万五千両）、払ってもらいたい。

というものであった。

幕府も薩摩に対して、下手人を差し出すべきだといったが、薩摩側では、

「攘夷の浪人が乱入してやったことだ。どこかへ逃げ出し、目下捜索中でござる。」

「いや生麦の村人たちが目撃している。列の中の供頭がやったと調書も取ってあり申す。」

「実は当藩にいた岡野新助と申す浪人でござる。岡野の行方がわかり申さぬ。」

などといい抜けた。イギリスは怒るし、幕府は板挟みになって苦慮した。賠償金の方も、幕府は何とかかんとか延ばしに延ばした。

「払わなければ港に並んだイギリス艦が総攻撃する。」

横浜沖のイギリス艦十二隻《せき》は、大きな煙突から黒い煙をあげ、今にも戦さをしかけて来そうな按配《あんばい》であった。


生麦の人たちにとって、事件はとっさに通り過ぎたできごとで、薩摩もイギリスも、村には何の関わりもない筈だが、

「いつイギリス艦が戦さをしかけてくるかわからぬ。女子どもを他へ移すように。」

鶴見生麦辺まで達しが来て、大騒ぎになった。家具や調度を売り払った家もあったらしい。畳が十枚で六十文とか、行灯《あんどん》が一台で十六文とか、それでも売れなかったそうだ。荷物を運ぶ人夫を傭《やと》うと、その運賃は二里で二分。馬だと一両という法外な値であったとか。

今度の事件の関わりで、もう一つ思いがけない事が起こった。生麦事件をイギリスのジャーナリストが放っておくわけがない。まず、週刊英字新聞「ジャパン・ヘラルド」の記

者、ジョン・R・ブラックが取材に来た。

今週号が出たばかりだったので、次の週を待たなくてはならないが、それではニュース性がなくなる。そこで号外を出した。

ブラックは自分の記事に、蛇《じゃ》の目《め》茶屋の美少女を登場させた。

蛇の目茶屋は、前記の豆腐商の村田屋勘左衛門から十軒ほどはなれた筋向かいで、売物はいなりずしであった。名主が奉行所に提出する村の明細帳には「蛇の目ずし」とあった。おくにと母親とふたりでやっていた。姉がひとりいたが、どこかに嫁いでいた。この姉も美人だが、おくにはそれ以上目立った。

ブラックはこのおくにを「黒い瞳のスーザン」と紹介した。

この美少女はリチャードソンが落馬した時、隙《すき》を見て走り寄り、介抱をした。

「みず。」

リチャードソンがいった。何でも、この「みず」がリチャードソンの知っているただ一つの日本語だということである。

おくには急いで水をくんで来て飲ませた。

「ね、ここにいたら危い。またサムライがくるよ。」

おくには傷のない方にまわり、肩に手を入れた。しかしおくにの心遣《づか》いは無駄であった。

後始末に来た六人の薩摩藩士が近づいて来て、おくには無理に押しのかされた。

後で居留地の人たちが、リチャードソンの死体を探しに来た時、おくには役人に隠れて、そっと知らせたそうだ。

おくにのことは、日本側の調書には一切出てこない。だからおくにがリチャードソンを介抱したことも、村の者は誰も知らない。

多分記事をドラマチックに盛りあげる為、美少女「黒い瞳のスーザン」をブラックがこしらえたとしか思えない。

「ろくいむ」の生麦ばなしにも、必ず蛇の目のおくには出てくるが、こちらは必ずしも好意的とはいえない。

「ほらよ。蛇の目のあの娘。」

「ああ、合《あい》の子《こ》茶屋のスーザンかよ。」

「あいつ、血みどろの異人に近づいて介抱したとよ。おっかねえ。フランネルみたく、はらわたが出たっつうじゃねえか。安達《あだち》が原のしばや（芝居）じゃねえってんだ。」

「よっく卒倒しなかったな。」

「そこが合の子よ。」

おくに自身、村の陰口はよくわかっている。多分傷ついている筈だ。しかし芯がしっかりしてるのか顔に出さなかった。それがまた、村の連中にとって、「かわいくねえ」となるのかもしれない。

実はおくにのひいきもたくさんいた。

生麦の事件があってからだが、東海道の遊歩道に、居留地の外人たちが安全に歩けるよう、見張番所ができた。鶴見生麦地区に溜《た》まり（交番）が二ケ所、番所は六ケ所。その一つは蛇の目茶屋の隣りであった。

番士たちは細川様（肥後藩）の家士とか、彦根藩士だとか、とにかく幕府に割当てられた沿岸警備の人たちであった。正泉寺《しょうせんじ》の溜まりに詰めている通辞《つうじ》は、関川といって鶴見の人であった。米屋で働きながら、英会話を修得したそうだ。

番士たちは時々、蛇の目茶屋の裏の浜で調練をしていた。東と西に別れ、剣道の面をつけ、その額《ひたい》にバカ貝の殻を結《ゆわ》いつけ、大将の号令で割りっこをしていた。

「まったく、子どもみたい。こんなことでイギリス艦隊の攻撃があったらどうするのよ。」

番士たちは年令《とし》からいうと、おくにより年上と思うが、弟のように思えた。

寝泊まりは方々《ほうぼう》に分宿した。蛇の目も何人か来た。

食事もおくにが考える。毎日売物のいなりずしにあさりの味噌汁というわけにはいかない。ちょっとしたおかずの工夫がいる。

「あ、吉田さん、袖《そで》がぶらぶら。どこかでひっかけたんだ。縫《ぬ》ってあげるからぬぎなよ。」

「いえ、いいです。とまってるから」

「いやだよ、吉田さん、つまようじでとめてんの？　生地がいたむよ。」

と、まあこんなふうによく気がつく。

御一新《ごいっしん》になって見張番所が用なしになると、細川様の家来衆も熊本に引きあげる事になった。何でもその時、ひとりがおくにに「熊本に来い」といったとか。つまりプロポーズである。

しかしおくにはついて行かなかった。多分おっかさんひとり残していけないという事だったろう。


ところで、その後またまた蛇の目茶屋の人気が出たことがあった。

ブラックの紹介した「黒い瞳のスーザン」がイギリスで大評判。船が横浜に着くと、観光客、船員たちはおくにに会いに、生麦にやってくる。おくにには挨拶など簡単な英語ができた。それは見張所の通辞関川さんが教えてくれたから。これも人気の一つになった。

外国の客の為におくにはビールを用意した。

ビールは最初輸入だったが、高値についた。運賃、関税も高いが、まずその船が台風で難破したり、海上で火災にあったり、ビールの樽そのものが着かないこともあった。

ウイリアム・コープランドというアメリカの醸造技師は、居留地の天沼《あまぬま》（現北方町《きたかたまち》）の谷に、いい水が湧いているのに目をつけた。工場の名は湧き水の谷をそのまま、「スプリングバレー・ブルワリー」とした。そのビールは日本人の好みにも合ったらしく、「天沼ビヤザケ」といわれた。その工場はキリンビールが受け継ぎ、今、生麦に工場がある。

蛇の目で出されるのは、このビールであった。

おくには茶屋の一室を外人向けに飾りつけ、テーブルと椅子を置いた。

E・R・シッドモアというアメリカの女性ジャーナリストは明治二十年（一八八七）に日本に来てエッセイを残している。

その中に「外国人旅行者が蛇の目茶屋に押しかけ、女主人に会いたいといっている」と、ある。（『日本・人力車旅情』ニューヨーク・ハーパー兄弟社刊・恩地光夫訳）

犬の抜け参り

文久《ぶんきゅう》二年（一八六二）から三年にかけて、鶴見ではお伊勢参りがなぜかはやった。みんな煽《あお》り立てられるように順ぐりに出かけて行った。

まず文久二年の正月、生麦《なまむぎ》の名主《なぬし》関口東右衛門《とうえもん》が約八十日の大旅行をした。伊勢、奈良、高野山、四国の金比羅、大阪、京都、帰りは草津から中山道に入り、善光寺、高崎、浅草観音である。文久といえば、四、五年後に明治維新となる。勤王の志士が出没したり、官軍が攻めてくるという噂が聞こえたり、現に地元ではイギリス人が薩摩の武士に斬られた、いわゆる生麦事件も文久であった。その物騒な時、名目は信心でも、物見遊山は考えられなかったと思うが、どうも一般はそれと別らしい。「あけぼの茶屋」の主金右衛門《あるじきんえもん》がお伊勢参りの講《こう》に当たった。講というのは何人か集まって、少しずつ銭を積み立て、貯まったところでくじを引き、当たった者が代参という仕組みである。

このあけぼの茶屋は、客に茶を出すのに、赤い塗りの盆を使った。そこで村では「赤え盆《あけぼん》の茶屋」といい、それがあけぼの茶屋になった。

伊勢参りに同行するのは酒屋の庄助、馬立場《うまたてば》の藤兵衛《とうべえ》、まんじゅう屋の稲五郎《いねごろう》、渡し舟渡《と》世《せい》の角右衛門《かくえもん》であった。

お参りの世話をしてくれるのが御師《おんし》である。もともと伊勢の神官で、信者獲得の係であった。分担が決まっていて、鶴見に来るのは竜太夫《りゅうだゆう》であった。太夫《たゆう》とは五位の神官を意味した。まず年末にお札《ふだ》を配りに来る。お札と一緒に伊勢暦《ごよみ》を持ってくる。これが喜ばれた。農事暦で、いつ種を播《ま》くか、いつ苗を田に植えるかの目安がついていたからである。鶴見は街道沿いで茶屋、料理屋、あるいは薬とか炭、薪《まき》を商ったりの村だが、それは片手間で、本職は農業であった。だから伊勢暦は重宝《ちょうほう》した。

御師は時には伊勢白粉《おしろい》とか、櫛《くし》、かんざしを持ってくることもある。これはその家の主人を連れ出すのだから、留守をする女たちへの心配りであった。

御師は旅の世話も行き届き、面倒な手形もとってくれる。伊勢の自分の家に泊める。道中の旅籠《はたご》の手配もぬかりがない。つまり今でいうツアー・コンダクターのようなものであった。

さて金右衛門は伊勢行きがうれしいくせに、やれ、「そんなに店をあけられっか」とか、「おとっつぁんが心配だ」と、中風で寝たっきりの隠居のことを気にしたりした。うれしさをごまかしているだけだが。

女たちは忙しい。主人に着せてやるものを用意する。一枚は新調するとしても、替えは今着てるのをほどいて、洗い張りして、夜なべで縫《ぬ》った。脚絆《きゃはん》、手甲《てっこう》、ももひき、足袋、下着の替えもそろえる。薬、針と糸、手拭《ぬぐ》い、鼻紙、蠟燭《ろうそく》、火打石、もぐさなど。忘れちゃいけない箸《はし》……。

「おまえさん、小田原で忘れずに提灯《ちょうちん》を買うといいよ。なんでも、たためて小さくなる重宝なものがあるんだって。」

おかみさんは、あれ持ってけ、これもいるよと、山のような仕度をした。

「なんだ、これは。枕だ？　そんなものいるか。」

「だって枕が変るとねられないってみんないってるよ。」

「みんなって誰だよ」

「うちのおじいさんとかさ。」

「旅に行かねえ人が、何いうだ。」

金右衛門は荷物の山から枕を引っこ抜く。するとおかみさんは又そっと積み上げる。

荷物どころじゃない。問題は持たせる金である。

「はたごは二百文《もん》として、それが三十五泊分。」

「そいつは積み立てでまかなう。」

「じゃ、茶店とか、ちょっといっぱいとか、馬に、かごに渡し、三両いるかね。近所から餞《せん》別《べつ》もらってるんだよ。みやげを忘れないでおくれ。護摩《ごま》の灰に気をつけて、寝る時はふとんの下にいれると枕さがしがくるから、しっかりかかえるっ。」

「いちいち、うるせいっ。」

出発の何日か前、五目飯にニンジン、ゴンボ（ゴボウ）の煮しめくらいで近所の人たちを呼んだ。その席には御師もやって来て、伊勢の話、道中の話を面白おかしくやってくれた。伊勢音頭もうまいものだ。

「坂は照る照る　鈴鹿はくもる
あいの土山　雨が降る　ヨイヨイ
伊勢は津でもつ　津は伊勢でもつ
尾張名古屋は城でもつ
　ヤートコセー　ヨーイヤナ
　アリャリャ　コレワイサ
　コノ　ヨーイトセ」

思わずみんな浮かれ出し、手拍子《びょうし》したり、歌い出したりした。それまでにお参りに行った連中が覚えて来たし、東海道を行く伊勢参りの団体が歌うので、子どもだって歌えた。

「おめえんとこ、今年お伊勢さ行くだな。」

金右衛門の息子平吉に声をかけたのは、庄助のところの太市《たいち》であった。

「ああ、おっかあ張り切って仕度してら。」

「いいなあ、大人は伊勢だなんて出かけられてよ。」

「おいらも大人になったら行ってやる。一生に一度はお伊勢参りっていうからさ。」

「今、行かねえか。」

「なんだと？」

「猫も杓子《しゃくし》も伊勢参りっていうべ。猫や杓子が旅に出るわけねえけんど、犬ならお参りに行くぞ。首にお札とお賽銭《さいせん》ゆわいつけて出してやると、通りの人は餌くれたり、水のませたりしてくれんだと。」

「犬はいいなあ。」

「おらっちもいくべ。」

「路銀《ろぎん》はどうすんだよ。おとっちゃんもその工面で苦労してんだぞ。講でおりる金じゃ足んないらしいや。」

「おらんちももめてら」

「だべ？　そんならおらっち余計《よけい》無理だど。」

「だから、金なんか持たずに行くのさ。犬だって路銀持たずに行くべ。」

「犬はしょうねえけど、おらっちはそうはいくめえ。」

「行けるって。何も持たずに着のみ着のまま行くだ。そいつを抜け参りっていうだぞ。街道沿いの人たちもお伊勢参りとわかると、わらじくれたり、めし食わしてくれたりするんだと。そいつを施行《せぎょう》っていうだ。」

「手形は？」

「いらねえ、いらねえ、な、行かねえか。」

「ええっ、おこられんぞ。」

「誰に？　抜け参りはおこっちゃなんねえだ。おこったりしてみろ。大神宮の神罰がくだるんだぞ。」

「へえ。」

「な、おもしれえと思わねえか？　平ちゃんよ。」

「おとっつぁんの伊勢講のあとを見えがくれについていてって、どこかで『ばあっ』とおどすのもいいかもしんない。困ったら宿をたずねたら、小づかいくれるかな。」

平吉は思わずにんまりした。ところが太市は意見が違った。

「甘ったれんじゃねえ。何も持たない裸でどこまでやれっかをためすんじゃないか。」

と、これまたかっこういい。

旅は早立ちである。一日十里（四十キロ）歩く為には、暗いうちに出、その夜の宿には日没の前に着かなくてはならない。

村の人たちは連れ立って、神奈川の宿まで送りに行った。これを「さかおくり」という。境送りである。

それが終ると、おかみさん連はやっとほっとする。亭主の旅仕度にはほとほと疲れはてた。

「あーあ、やっと騒ぎは終った。」

ところが騒ぎは終っていなかった。昼間は気がつかなかったが、平吉が帰ってこない。

「ばあちゃん、平吉が帰ってこないんですが、ちょっとその辺見て来ます。」

「おかしいね、あの子今までこんなにおそくまで遊び呆《ほう》けていなかったよねえ。」

「全く、おとっつぁんがいない時に、あの子ったら。」

「神かくしかねえ。」

「そいつは抜け参りじゃねえのかね。」

寝ているじいちゃんがいってるところへ、庄助のところのおかみさんが駆けこんで来た。

「うちの太市がいないんですけど。もしやお宅に……」

「ほら、見ねえ。さそい合わせて抜け参りだよ。」

「抜け参りなんて。大丈夫なんですかねえ。」

「なあに、講の前や後ろをうろうろするだけだよ。心配ねえ。」

「講のみんなに迷惑かけるよ。呼びもどしに行きたい。」

女たちは亭主の旅だって、何が起こるか不安なのに、もう一つ心配が増えたことになる。

金右衛門のおかみさんは、亭主の陰膳《かげぜん》の横にもう一つお膳をこしらえた。


さて金右衛門の一行は、竜太夫のもつ「鶴見伊勢講」の小さな幟《のぼり》を先頭に、みんな馬鹿に足が軽い。保土ケ谷《ほどがや》、戸塚のあたりは鶴見の地続きで、何かというと行き来する所だから、余計緊張感がない。それよりもふだんの煩《わずら》わしさから逃れられた解放感が大きい。殊《こと》に金右衛門は小うるさいおっかあがいないというだけで弾《はず》んでくる。思わず竜太夫は、まあまあと押さえた。

「ま、はじめはゆっくり足ならしで行きまほ。やたらめったら張り切ると、長丁場やってけまへん。」

「そん代り、あしたは大変や。箱根八里を越えてもらいま。関所は手形もいりますねん。今夜ちゃんと出しやすいよう仕度しておくんなはれ。そうでんな、そこらでちょいと休んでいきまほ。そこの甘酒はいけますねん。」

茶店から通りを見ていると、いろんな人が通る。行商人、旅芸人、二本差しの武士、飛脚。伊勢参りの団体も行く。御師同士知り合いらしく、手をあげて挨拶していた。

「休んでいかれまへんか。」

「川崎で一息いれて来ましたさかい。」

「泊りはどこや?」

「大磯でんねん。足弱《あしよわ》はんがおりまっさかい。ゆるゆるゆきまっさ。」

なるほど足の運びの悪い人がいる。引きずっているのは草鞋《わらじ》に食われたか、マメでもこさえたか。江戸から来た連中だろうが、戸塚辺でこれじゃ、先が思いやられる。その時団体をすり抜けた子どもがいた。ふたり。

「あれっ、あの片方のはうちの平吉に似てる。まさかね。」

よく見ようと伸び上がったが見失ってしまった。ま、そんなわけ、あるはずねえか。

平吉と太市はようやく小田原に着いた。そろそろ暮方《くれかた》である。十里半(四十二キロ)、よく歩いたもんだ。

平吉は腿《もも》が痛いといい出した。さっき、ちょっとのつもりで道端の石に腰を下ろしたら、立ちあがれなかった。足の裏も腫《は》れあがって、足が地面につけられない。足を引きずり引きずり、太市の肩につかまっての小田原入りであった。

「抜け参りは楽で、向こうから手をさしのべてくれるってえのは、ありゃうそかよ、えっ、太市っちゃんよ。」

「まあな。水はその辺の井戸で勝手に飲んだが、にぎり飯ひとつくれるじゃなし。小づかい？　とんでもねえな。はずれたな。」

鶴見の講をそれとなく気をつけていたが、見つからない。先に行ってしまったのか。こっちで追い越して行きすぎたのか。

旅籠の並んでいる通りになった。呼びこみが賑《にぎ》やかだ。

「紺《こん》さん、しまさん、おやどはいかがで？　柏屋《かしわ》です。どうぞ。おふろも沸いております。」

旅の着物は紺か縦縞《じま》である。

「ええ、古清水旅館はこちら、どうか古清水へ。」

「早川、はたごの早川、早川で。」

確か鶴見の今夜の泊りは小田原といった。どこだろう。

見廻した途端、頭の上の旅籠の二階に灯《ひ》が入り、客の姿がちらちら障子に映った。もしやあの中におとっつぁんが……、呼んだら出て来てくれないかなあ。

ふたりとも腹が減って、目が眩《くら》みそうであった。前を行く行商人たちがめし屋に入ったので、思わずつられてふたりも入った。そこはおでんが売物らしく、黙っていてもふたりの前に丼飯《どんぶり》とおでんがおかれた。

夢中で食べ、息をついていると、給仕女から、とんと肩を叩かれた。

「終ったら席をあけて。客が混んで来るからさ。さあお勘定《かんじょう》を。」

「あのう……抜け参りで。」

太市がいった。

「なんだって？　それがどうしたのさ。だんなさん、ただ食いですよう。」

「どうした？　なんだ　なんだ。」

暖簾《のれん》をはね上げ、おっかなそうなのが顔を出した。あわてて平吉はふところを探った。家を出る時、不安で財布に小銭を入れて来たのであった。もっともおでん茶めし二杯分、足りるかどうかはわからなかったが……。

「ない！　たしかしっかり腹巻にさしこんだはずなのに。」

立ちあがって、帯をといて着物をぱたぱたさせた。出てこない。落としたんだ。太市の方は最初から財布なんか持ってこない。それが抜け参りだと思っているから。

「ただ食いとは太《ふて》え了見だ。」

店の主《あるじ》が平吉たちをにらみ据えた。

「まあまあ、この子たちは財布を落としたといってるじゃないか。すられたかもしんねえ。いいよ、いいよ。この子の分はおいらが払うからよ。」

隣りの櫛売りが払ってくれたが、主は憎々しそうに平吉をにらんでいた。

「ふん、抜け参りだとお。いい話ばっか聞いて出て来たんだな。勝手に抜け参りだって出て来てよう、一文なしといわれてもよう。」

「まあまあ、お参りの子を痛めつけちゃ、罰当たるんじゃねえのか。おめえたち、どっから来た。」

「……鶴見です。」

平吉は声が喉《のど》に引っかかり、かすれた。

「相州橘樹《たちばな》郡鶴見。」

太市の方が落ち着いていた。

「ふたりでかたらって来たのか。」

「いいえ、あのう……、おとっつぁんが講に入ってて……。」

「どっかではぐれたか。そうか旅は油断しちゃおいてかれる。どうやら鎌倉、江の島に寄ったな。藤沢で江の島道に入った。」

「でも、きょうの泊りは小田原のはずで。」

「宿の名はわかんのか？　わかんないか。よし、小田原にも伊勢を信仰してる衆もいら。お参りに親切な宿もあるよ。ちょっと奥だが、そこへ行ってみっか。そこへ行って相談してみろ。にぎり飯、草鞋ばっかじゃねえ、いい知恵も出してくれら。抜け参りなら、ひしゃく一本帯にさしとけとかよ。」

伊勢参りは六十年目に一度だけ、ちょうど遷宮の年、おかげ（御利益）も多いと、どっと参拝者が詰めかけた。そのお参りをもてなせば、そちらにも御利益が来るというのであった。

次のおかげの年が慶応三年（一八六七）だが、お札《ふだ》が降ったり、「ええじゃないか」の馬鹿騒ぎがあったりで、お伊勢さんも繁盛した。文久三年はその間に挟まれたただの年だったのだろうか。


沼津から吉原、由比への道は、左が海で終日ゆったりのったり波が寄せ、右手は山でミカンが点々と灯をともしたように見えた。ま、鶴見辺と似てないこともない。違うのは富士が近くどえらく大きいことだろうか。

平吉と太市は「狛江《こまえ》村伊勢講」と、「調布下宿大々講」の連中にわざと混じって歩いていた。箱根の関所もこの中に紛《まぎ》れこんでいたもんで、咎《とが》められずすり抜けられた。そこまではうまくいった。

「ええ、昼はおごって名店甲州屋に入りまほ。ちょっと高うて六十文ですねん。そん代りうなぎ茶漬けが絶品でんがな。あわびのさしみ、サクラエビのかきあげ御膳てえのも結構ですねん。」

その講の御師がいっていた。太市と平吉は顔を見合わせた。六十文の昼御飯といきたいところだけど、また小田原の二の舞になりそうである。ふたりは目で合図して列からはなれた。

「余計腹へった。ああ、うなぎ茶漬けがくいてえ。」

「おいらもだ。さっぱり体に力が出ねえ。」

ふたりの足は目に見えて、遅くなり出した。

「足、ひきずるなよ、平ちゃん。」

「だって、足が棒だもの。一歩も歩けないよう。」

それは太市も同じこと。草鞋の緒《お》が足に食いこみ、血がにじんでいた。太市は草鞋を脱いで、裸足になった。

「ああ、この方が楽だ。」

「そこの水に足ひたそう、太市っちゃん。」

田へ水を引く細い用水まで下りていって、ふたりは足を浸《ひた》した。水は冷たいけど、ほてった足はすっとした。ついでに小田原でもらった柄杓《ひしゃく》で水を掬《すく》って飲んだ。

「あれっ、あそこに誰か倒れてる」

平吉が太市の袖《そで》を引っぱった。

「病気かね。けがして動けないとこかね。」

放っとけないと、ふたりが近寄ると、自分たちと同じくらいの年令《とし》の男の子であった。

「もしもし、どうかしたんですか。」

肩を揺すぶると、熱い。あ、この子も伊勢参りだ。ほれ、柄杓がある。放り出された笠には「上州榛名《はるな》村」とあった。

「なんか悪いもんでも食って、腹こわしてんのかな。」

「いや、ゆうべ野宿して、風邪ひいたんだ。見ろよ。着物汚れてるもの。せめてどっか、お堂でもなかったのかよ。」

「とにかく、そこの料理屋に連れていこう。」

ふたりは両側から肩を貸して立たせようとした。正体もなくぐらっとなった。ふたりは自分たちの足の痛いのも忘れて、近くのめし屋に担いでいった。「みよし屋」という幟旗《のぼりばた》があった。

「すみません。助けてください。そこで倒れていました。」

「おまえたちの仲間か。」

「いいえ、通りすがりの者で。」

「うん、顔色がわるいな。おっ、ひどい熱だ。誰か宿場まで行って、医者をよんでこい。」

みよし屋の主人が店の者にいいつけた。

「縁台にねかせといちゃいけない。風に当てないよう中に。」

ああ、こういう親切な人もいるんだ。平吉は胸がじんとなった。だが次の瞬間、はっとなった。医者だって？　治療代は誰が払うんだ。この子だって持ってそうもないし……、そこまでこの店はやってくれないだろう。平吉は青くなった。

医者が来た。付き添っている平吉と太市に倒れていた様子を聞いた。

「ふんふん、なるほど、とにかくひどい熱じゃ。ひたいのてぬぐいがすぐ熱くなる。こらいかん、胸の奥までかぜが入りこんどる。」

医者は肋骨の浮いた薄い胸に芥子《けし》を練った紙をぺたっと貼った。それでもぜいぜいいう息は変らない。ますますふいごのように熱くなった。

医者が帰ると、みよし屋は平吉たちにいった。

「治るまでついててやりな。」

「は、はい。」

と答えたものの、平吉はおとっつぁんからますます遠くなるな。どうなるんだろう、おいら達はと思った。太市の方は呑気《のんき》で、この子の病気の間は食べられて、寝るところもある。ついてるなあと思っていた。

その子は二日、目をつぶったきり、熱い息をしていた。水しか飲まない。作ってもらった粥《かゆ》は、さじで口をこじ開け、流しこむが、喉を通らないのか飲みこむのを忘れたのか、むせて、受けつけない。薬湯《やくとう》も唇を濡らすくらい、ほんの少しずつ飲ますが、苦いのか顔をしかめた。

そのうち裏のミカンのしぼり汁は飲めるようになったが。

平吉と太市はつきっきりでなく、店の仕事を手伝ったり、それもしなくていい時は、この店のシロという犬をかわいがった。

めし屋の犬は人見知りをしないから、通りがかりの誰かれから頭を撫《な》でられる。平吉たちが出ていくと、ちぎれるようにしっぽを振った。

三日目の朝、病人はようやく目を開けた。

「ここはどこ？　おいらどうしてここにいるんだろう。」

「あれ、おまえ倒れたことも気がついてないのか？　おまえさん、そこのちょっと通りからはずれたところに倒れてたんだ。」

そこへみよし屋の主人が入ってきた。

「おっ、顔色がもどったな。よかった、よかった。じゅうぶん養生してけ。治ったらどうする？」

「はい、お伊勢さんに行きます。」

「そうか。無理すんなよ。おらも参宮したいけんど、ひまがなくてね。かわりにお参りして来てくれや。」

といっても、ようやく起きて陽《ひ》なたに坐ってるくらいだ。いつ立てるやら。陽なたにいると、シロがすり寄って来た。

「おまえ、上州の榛名だろ？　名はなんていうの。」

「栄二。」

「本当にお伊勢さんに行くつもり？　どうやっていくんだよ。抜け参りってのはひと通りやふた通りじゃないぞ。わかってんだろ。」

「わかってるさ。でも自分でかせぎながらぼちぼちやるさ。」

「かせぐ。」

「『どうか一文お恵みを』ってね。」

「おいらは帰りたい。」

と平吉は口に出しかけた。すると太市はおっかぶせるように
「おらたちも伊勢に行くよ。なあ、平ちゃん。もう半道来てんだぞ。ここで帰るわけいかない。」

「どうやって行くつもりだよ。おいら『一文お恵みを』はちょっとできない。おとっつぁんの講もとっくに伊勢街道に入ったろう。つかまえて路銀もらうことはできないんだぜ。」

「そいつははなから思ってねえ。」

「じゃ、どういう手がある?」

「何かかせぐ手を考えよう。平ちゃん、つな渡りかとんぼがえりできるか。」

「できない。」

「じゃ、この店手伝って給金もらうか。」

「それじゃ、いつになるかわかんないだろ。」

「うん、いい手がある。シロを連れ出そう。」

「シロって、この犬、芸できる?」

「犬のおかげ参りって聞いたことがある。首にお札を結びつけてさ、通る人が賽銭《さいせん》くれるって。」

「みよし屋さん、この犬手放すと思う?」

「よし、そいつはおいらにまかしときな。」
太市はみよし屋に何か頼みに行ったと思うと、簡単にシロを借り出して来た。
「みよし屋さんは本当にお伊勢参りがしたいんだよ。でも忙しいから行けねえっていうから
さ、シロに代参させたらいいっていったんだ。首にお札をつけてくれたら、連れてってや
るって。そしたら貸してくれた。」
これには平吉も栄二もびっくりした。
シロが首にお札を結びつけ、おかげの旗を肩にかけたもんで道行く人たちは、
「かわいい、かわいい。」
「殊勝《しゅしょう》な犬ね。」
とお賽銭をくれた。
おかげで一つ五文の安倍川《あべかわ》餅をたらふく食べられた。大井川の渡しも、桑名の七里の渡し
もシロが稼ぎ出してくれた。
実はここで鶴見の伊勢講の人とすれ違っていた。渡しの船は別々になったけど、待ち合い
の所では一緒であった。大勢がごった返していて、お互いにわからなかっただけであった。
片や鎌倉に行き、江の島に廻《まわ》り、熱田神宮に寄ったりで、一方は栄二の看病が三日かかった
もので、こういうことになった。

「犬がお札をつけておかげ参りしてる」という噂は金右衛門も庄助も聞いたが、それが息子たちとは思いもしなかった。

四日市から追分《おいわけ》、そこから伊勢街道に入り、白子、津、松阪と、道中を楽しみ、いよいよ伊勢。宮川の渡しに着くと、竜太夫の手代が紋付姿で、

「ようおこし。」

と丁寧に迎えてくれた。

「ええ鶴見の金右衛門はん、庄助はんはおられまっか？」

「へえ、私で。」

「実は鶴見のお宅から飛脚が来ておりまして、御子ども衆、平吉はん、太市はんが抜け参りに出られたらしい。つれて帰ってくれとの状でございますねん。」

「たしかに平吉はうちの倅《せがれ》でございますが……抜け参りですと。」

「太市もいっしょに？」

「どうも同じ日、同じ時刻に出られ、ついてこられたと思いますが、皆様はあちこち廻られはって、御子ども衆は先に着いてる恐れがありますよって、今、あちこち探がしてますねん。」

「………」

まったく何てことを……と呆然《ぼうぜん》としている時、

「ああ、いましてん、いてはりましてん。」

と、男衆たちが三人の子と犬を連れて来た。金右衛門たちは自分の子とは思えなかった。埃《ほこり》にまみれ、薄汚れは仕方ないとしても、犬連《づ》れの三人に面食らったのである。

平吉は金右衛門を見ると、忽《たちま》ちくしゃっと顔をゆがめ、

「おとっつぁん」

と駆け寄った。それに比べて太市は平然としていた。庄助の方が近寄って来て、太市の頬をぱしっと叩いた。二様の父子の愛であった。

「さ、皆さま、荷物を置かれて、二見が浦に見物なさりませ。夜は歓迎の宴を用意してございます。」

宮川の渡しは無料である。多分竜太夫の、今でいうサービスであろう。

もう一つ向こう岸に着くと、これもサービスだが駕籠《かご》が待っていて、ひとりひとり乗せて、宿坊に運んでくれた。

竜太夫の屋敷は、前にお参りした村の連中から聞いていたが、想像以上に豪勢なものであった。城門のような入口はしゃちほこのある瓦屋根つきである。柱には大きく「竜太夫」と書かれた表札が出ていた。

迷子になりそうだと、帰ってきていった。

「大名屋敷など見たこともないくせに、便所に行くふりをして探って来た者が、迷子になりそうだと、帰ってきていった。

何でもその日、この屋敷には八十人の客が泊ったらしい。

奥には神殿があり、そこで大大神楽《だいだいかぐら》が奉納され、それから歓迎の宴になった。

そのもてなしこそ、竜太夫の最大のサービスである。これも噂に聞いた通りで、その評判につられて来たようなものだ。

もっともこれは講に入っている人だけで、おかげ参りや抜け参りの人達はあずかれない。

その晩のごちそうは、

本膳　なますは金柑《きんかん》、大根、さより、木くらげ、防風《ぼうふう》、栗、

　煮ものはたこ、ぜんまい、銀杏《ぎんなん》

　割物は赤貝の煮しめ、それに鴨の羽盛《はもり》に鮭

　汁は豆腐、ふき、青味

二の膳　えびの舟盛り、亀足《きそく》はかまぼこ、杉焼の山芋、椎茸、うど、二の汁はあいなめ、

　大猪口《ちょこ》は青あえうど、いか、塩山椒《さんしょう》

三の膳は　梅干、貝焼、あわび、刺身、とさか、かぶろぼね、
　お重は梅麸《ふ》、すし鯛はこけらとたで、酒吸物、白魚と海苔《のり》、吸物は鯛と山椒《さんしょう》の芽、
　塩辛、味噌漬とこぶし、三の汁は昆布と恵比寿《えびす》鯛、それに大鉢にうどで牡丹《ぼたん》を形
　どったものが飾られる。最後にうどんと豆腐の吸物。

次の日、外宮と内宮を参拝し、朝熊《あさま》山に案内された。これもコースに入っていた。山頂からは伊勢の海が見られた。またここには、妙薬万金丹《まんきんたん》の本店があり、それを買うのも目的の一つになっていた。ちょうど一分《ぶ》金の大きさで、金箔が押してある。
伊勢土産としては最適であった。

ところで旅の一行は、ここから京都、大阪に廻《まわ》ることになっていたが、金右衛門と庄助は、皆と別れ、子ども達を連れて帰ることになった。大人たちにとっては、名所を見、名物を食べ最高の旅であった。平吉たち子どもにとっては、宿にも食事にも苦労し、関所はこそこその連続だったが、終ってみるとむしろこの旅は、かけがえのない貴重な体験だったのではなかろうか。

元治元年のサーカス

「あれっ、千ちゃんじゃないか。あぶないまねしてぇ。」

鶴見橋の欄干《らんかん》を、ひょいひょいと渡っていく男の子を見て、一膳めし屋「ろくいむ」のおけいは思わず駆け寄ろうとした。その袖をおとっつぁんの六右衛門がぐいと引いた。ふたりは材料の買出しの帰りであった。

「だって、あぶないよ。」

「だからよ。きゅうに声かけんなってんだ。こっち側に落ちりゃいいさ。あっち側に落ちてみねえな。けがじゃあすむめえ。」

村の井戸掘りの佐平の子、千吉、六歳であった。

とにかく変っていて、高い所が好き。村の者も地べたを歩いているのを見るよりも、木に登っているとか、お寺の大屋根にはいあがり、カラスのようにちょこんととまっているとか、御影《みかげ》石の鳥居に抱きついているところしか見ていない。

「でもさ、器用なもんだね。牛若丸だよ、ねえ、おとっつぁん。」

「なんとかと煙は高いところにあがりたがるっつうけんどよ。井戸掘りのせがれがあれじゃや、佐平さも困んべ。天に井戸掘るわけにゃいくめえもん。」

当時は井戸掘りの子は井戸掘りになるしかなかった。


その千吉が、ある日突然いなくなった。

村じゅう探したが見つからない。
二、三日たってから、村の子のひとりが、いいにくそうにおけいにいった。
「おら、千ちゃんを八幡様《はちまん》の縁日で見かけたよう、ドッコイドッコイの針まわしてた時、横すりぬけたんだ。」

「八幡様って鶴見のかい？」

「保土ケ谷《ほどがや》。」

「保土ケ谷？　まあ、いつだよ、この子ったら、ひとりでそんな遠くまで……。ま、いいって。千ちゃんもそこにいたのね。なぜ、それを早くいわないのさ。」

その子も隠れて遊びに行ったので、叱《しか》られるのが恐くていいそびれていたらしい。

村の衆はさっそく保土ケ谷に行ったが、何日も前のことで、わからなかった。保土ケ谷村の入口には、たずね人、おもに迷子だが……の貼り紙のできる柱が立っていて、千吉の人相、風体《ふうてい》を描《か》いて貼らしてもらったが、一ケ月たってもそのままであった。

「神かくしかねえ。」

ということで、親も、村の衆もようやくあきらめた。

実は千吉はドッコイドッコイ針回しなどの露店の並ぶもう一つ奥の空地にかかっていた軽業《かるわざ》小屋にもぐりこみ、綱渡りのとりこになっていた。

そして一座が小屋を壊し、次の興行地に移る時、後をついて行ってしまったのである。

軽業小屋の移動は、ちょいとしたものだ。小屋掛けの柱になる材木の束《たば》は、大八車二台、縦に渡し、その上に莚《むしろ》の束が乗る。衣装のつづらや道具を入れた箱がいくつか。

親方も太夫《たゆう》もない。みんな一つづつ何かを担ぎ、子どもだって、鍋釜を背負《しょ》わされていた。

次の興行へ広目《ひろめ》のつもりか、幟《のぼり》を持つ者と、先頭でとんぼをきりながら、愛嬌をふりまくのといた。

戸塚を過ぎ、大船《おおふな》を過ぎた。

その辺で一座の連中はついてくる千吉に気づいた。軽業に夢中になる子どもは、どこの村にも必ずいたから、初めは気にしなかったが、平塚から右へ折れ、山道を秦野という村へ向かおうとした時、まだついてくるのには呆れた。

「やい、帰《けえ》れ、帰《けえ》れ。」

一座の若いのが、わざと荒い声で追った。しっ、しっ……。拳を振りあげるといなくなるけれど、気がつくと、またついてくる。

「おめえ、軽業が好きなんけ？」

一行から少し遅れがちに歩いていた足芸の太夫の為吉がいった。退屈紛《まぎ》れにからかう気だ。

「よしなよ。」

前をいく女太夫が目配《くば》せする前に、子どもは目を輝かせた。

「お、おら、一座にいれてもらいてえ。」

「ほら、為さん、見なよ。かかわり合いになんない方がいいってえのにさ。」

「親をつれて来な。親御さんの許しがねえと、かどわかしと思われら。」

「親なんかねえ。」

「親のねえやつなんかいるもんかよ。」

「死んだ。」

六歳の知恵で、親が出てくれば当然連れ帰されてしまうのがわかっていた。

「だめだよ。素人の子どもにできるわけねえんだ。帰れ、帰れ。」

為吉がわざと恐い顔で追い払った。その時はあきらめたようにいなくなるが、一行が道ばたの草の上に腰を落として休んでいると、また木の蔭からのぞいている。

「ああ、五月のハエみてえなやつだぜ。」

根負けした為吉が立っていって、自分のわけ前のまんじゅうを突き出した。

「よしなよ。為さん。人がいいんだから。ひっこみがつかなくなるのにさ。」

千吉は引ったくるようにして、ろくに噛まずに飲みこんだ。

「おめえ、のまずくわずでついて来たのかよ。」

為吉もちょっと胸を突かれたようだ。つまり女太夫が心配した為吉の弱いところを、ぐっとつかまれたわけだ。

「そうか、そんなに軽業が好きか。」

本当いうと、足芸の上乗りがほしかったところだ。足芸というのは、仰向けに寝て、足で樽《たる》とか水甕《がめ》を曲まわしする芸である。芸人仲間は「ゲソ」といっていた。

この一座は俵《たわら》を持ち上げ、その上で子役が逆立ちをするのが売りものになっていた。ところがその子役が大きくなって、乗せられなくなってしまった。

「ねえ、親方、ためしにちょいとやらせてみちゃあどうかね。」

道端に俵が下ろされた。為吉が足で俵をあげた上に千吉を乗せた。

逆立ちまでは無理だったが、千吉は俵の上にまっすぐ立って、震えもしなかった。

それでも親方は用心深い。

「軽業の舞台なんておもしろおかしく見えっかも知んねえけんど、修業はつれえぞ。ま、あきらめろ。」

ところが若いのがからかうつもりか、裏の藪《やぶ》から白く粉を吹いた今年竹《ことしだけ》を切って来て、脚立《きゃたつ》に渡した。

「こいつを渡って見ねえな。」

すると千吉は太い竹を弓なりにしなわせて、ゆっさゆっさ、みごとに渡ってしまった。

「てえした度胸だ。こいつは拾いもんかもしんねえぜ、親方。」

和泉《いずみ》菊十郎親方　四十歳。

足芸太夫　中村為吉　二十八歳。

女太夫　和泉歌柳　親方のおかみさん。器用で三味線も弾《ひ》けるから、足芸の伴奏などもしていた。

女太夫　和泉美代吉　おかみさんの妹、十四歳ということになっているが、本人もよくわからない。この美代吉をひいきにしている常連もいる。千吉も、実は美代吉の綱渡りに魂をうばわれたのであった。

口上　和泉菊之助　桶《おけ》を七つ重ねて、その上で三番叟《さんばそう》を踊っていたが、桶がくずれて落ち、したたか腰を打ってから、曲芸はできなくなった。そして口上に回っている。

前芸　中村玉次郎　為吉の足芸の前芸をしているが、桶を乗せると転がる。梯子《はしご》に乗ると二、三段滑り落ちる。これがわざとではなく、本当にどじで不器用だからだが、客には受けた。つまり道化役であった。

上乗り　中村小鹿　十一歳だが、少し大きくなりすぎた。重くならないよう、三度の食事を減らされたりしたが、俵の上で見得を切ってもかわいげがなくなってきた。つまり千吉はその代役であった。

千吉は俵の上の逆立ちも、割合うまくこなした。勢い余って、足をはねあげたと同時に落っこちたこともあったが……。

それだけではというので、綱渡りの練習もさせられた。

「山本小島《こじま》が六歳で綱を渡って大人気。それ以来『稚《いとけな》かるわざ』といって、子ども衆の芸人がはやってる。」

頭の上に綱が張ってあった。千吉はそれを見上げて、何、大したことねえ。この低さじゃ、落ちたってけがはねえという気持ちと、もともと和泉美代吉の綱渡りにあこがれて入れてもらったんだ。これをやれば自分だって、来た甲斐《かい》があるてえもんだと、少し甘く見てたようだ。

千吉は柱をよじ登り、綱に片足を乗せた。ちょっと重みをかけると、綱はしなった。これは計算違いだ。鶴見橋の欄干のようなしっかりした足ごたえや、青竹のしない具合とは違うので、千吉はとまどった。

本当はこの緩《ゆる》みが綱渡りの芸を助けてくれるのだが、それを千吉が飲みこむのは、大分後のことになる。

思い切って、柱から手を離し、もう一方の足を綱に乗せた。

綱は全く意外な反応をする。それでおしまい。千吉はぐらっと重心を失った。不様《ぶざま》に下に叩きつけられないだけよかった。両手で綱をつかみ、ゆっくり地面に飛び降りた。

「もう一度。」

親方はにこりともしないで、あごをしゃくった。

筋《すじ》はいい。落ちた時、とっさに手が綱をつかんだ勘は大したものだ。親方は思ったが、口には出さなかった。

次は一歩あるいて、また落ちた。長いむちが地面を叩いた。千吉の鼻すれすれのところをかすったので、痛いわけではなかったが、かえって、千吉は恐くなった。

次の日は本式の稽古《けいこ》をさせられた。ものになりそうだと親方が思ったからだが、そんなこと親方が口に出すわけがない。早くから呼び出された。

幾分綱は低めになっていた。つまりこれがただ一つの親方の配慮であった。しかし稽古の方は一段と厳しく、落ちるとむちが鳴った。「けがはないか」と聞かれたことなど一度もない。

千吉はむちのあとを撫《な》で、撫で、泣きながら眠った。次の夜も。次の夜も。

「おらあ軽業にむかないのかもしんねえ。すいすい鶴見橋のらんかん渡ってたっていうのによ。軽業は違うんだな。」

それでも逃げ出して、鶴見に帰ろうと思ったことはなかった。

その苦しみも五日ぐらいであった。六日目、落ちずに渡り切った。綱がしなう度《たび》に、膝ががくん、がくん、へっぴり腰になったが……。でも、そこまでいくと進歩は早く、背筋を伸ばして、膝で綱のしない具合をはかり、はかり、渡る余裕が出てきた。

「親方、こいつと美代吉を組ませて、蜘蛛舞《くもまい》をさせたら映《は》えるぜ。」

「蜘蛛舞か。」

「ええ、軒《のき》から軒に張り渡した糸をつたって渡るクモみてえなやつでさあ。四方に張った上で、千吉のやつにもかみしも姿をさせて踊らせるんで。」

「なるほど、あみの上で『花見踊り』てえのも、当たるかもしんねえな。」

もっともこの話は実現しなかった。一座の花形の美代吉が、

「こんな子ども相手じゃあ。」

としぶったからだ。

それからも綱渡りの練習は続いた。落ちる回数は減ったものの、時々、綱が思わぬ揺れ方をして、千吉は落ちた。その度にむちが鳴るのも同じであった。


川崎の大師《だいし》河原で小屋を掛けている時、たまたま入ってきた村の衆が、千吉を見つけた。

「小屋っていってもよ。常設じゃやねえ、丸太組んで莚《むしろ》帳りまわしたやつよ。前景気の三味線と太鼓につられて、ふらふら入《へえ》ってよう、あれっと思っただよ。」

頭の上の綱を、ひょいひょい重心をとりながら渡るサルみたいな子どもがいる。器用なもんだぜ。綱から降りて、正面来てあいさつしたがよ。そん時、おら気づいた。千吉だ。

千吉の親はもちろん「ろくいむ」のおけいたちも大師河原へ駆けつけた。佐平は千吉を取り返しに。おけいたちはその掛け合いを見ようと……。

しかし千吉は早くも一座にとって人気役者になっていた。だから親方としても放したくないし、千吉自身、鶴見に帰る気はなかった。

その夜、千吉はまた行方がわからなくなった。千吉どころかこの一座そのものもどこへ

行ったか——。外国へ行ったらしいというものもいた。

「そうか、とうとう食いつめたか。」

文久《ぶんきゅう》四年（一八六四）の三月、改元して元治《げんじ》となった。元号は良くないことが続くと、げん直しに変えたのである。幕府が倒れ、王政復古となる激しい変化の時代だからだが、文久はとにかく足掛け四年あったが、その前の万延《まんえん》は一年だし、元治も、これまた一年で慶応に変わった。

ペリーがやって来て、とうとう幕府も開港にふみ切った（安政の条約＝一八五九）途端に、外国人が続々やって来た。

攘夷《じょうい》、攘夷といっている連中は収まらない。諸藩の浪人たちは姿を変えて、横浜にやって来ては、外国人と見ると斬りつけた。やれ、ロシアの士官がふたり殺されたの、フランス人の所の使用人の中国人が斬られたの……。

そしてとうとう、鶴見の鼻っ先の生麦《なまむぎ》で事件が起きてしまった。薩摩の島津侯の行列の前をイギリス人が、しかも馬に乗ったまま横切ったというので、かっとなった藩士が刀を抜いた。それが文久二年（一八六二）九月十四日のことである。そのあとが大変。

「エゲレスがしかえしに軍艦で攻めてくるってえだぞ。」

「なんだと、そいつはてえへんだ。」

「エゲレスの艦隊は上海にいるだ。江戸にやってくんのが、大体来月の十五日ごろっつうだぞ。」

「薩摩に行けってんだ。」

「何、やられたのが生麦だ。生麦の仇は生麦で返すてえのがすじだべ。」

そこで女子《おんなこ》どもは親類に預け、焼きたくない家財道具もよそに運ぶ。海沿いの村では、男ひとり残ったところもあったが、ほとんど無人になった。

「ろくいむ」には頼る親類もなかったが、おかみさんもおけいも、死ぬならおとっつあんと一緒がいいというもので一家鶴見に残った。おかげで、男連中は食事ごとにやってくるので、賑《にぎ》やかだった。

「おとっつぁん、千ちゃんはどうしたろうね。」

おけいは時々、あの風変りな男の子を思い出していた。

一方そんな騒動をよそに、横浜には居留地ができ、いち早くイギリスが木造二階家を建てた。イギリス一号館、略して英一。続いてアメリカもアメ一を建て、二番、三番、四番と地割りも決まっていった。

公使、領事はもちろんだが、日本へ乗りこんでひと儲《もう》けしようという商人も多かった。新しもん好き、冒険心いっぱいの人たちであった。

おまけにサーカスまでやって来た。元治元年の三月である。サーカスの名は「中天竺舶来軽業」といった。中天竺とはインドのことだが、団長はアメリカ人のリズリーという軽業師であった。

居留地の空地（金比羅神社の横）にテントを張って、ふたを開けた。リズリーとしては江戸で興行したかったのだろうが、それは許されなかった。

演目は曲馬《きょくば》、機械体操、玉乗り、輪乗り、大車輪で、それを十人の芸人と馬八頭で演じた。その興行の様子は、歌川芳虎、月岡芳年の描いた横浜錦絵として、今も残っている。

大変な人気で、初日はアメリカ、イギリス、フランスの公使領事たちを含めて二百五十人、日本人も二百人から見に行った。しかしサーカスの大入りも初めだけであった。興行が居留地ということで、一般は敬遠したろうし、何よりも料金が高くて、普通の人は入れなかったようだ。と、いうのは、明治四年（一八七二）になって、フランスのスリエというサーカスが来ているが、入場料が高くて不入りだったとある。浅草奥山で、最後の興行をした時、値引きしたら大入りになったというから、中天竺舶来軽業も、同じような事情だったのではなかろうか。

千吉はアメリカのサーカスの噂は聞いたろうか。聞いたところで見に行けなかったろう。

親方だけは見ていた。自分の芸だけで廻《まわ》る、しがない旅芸人が多い中で、精通することを忘れなかったのは珍しい存在といえる。

和泉菊十郎親方はじっとしていられず、為吉、美代吉を連れて出かけていった。どれもが珍しいし、面白いし、ショックを受けた。

第一が曲馬、馬にしてからが、東海道を往来する荷馬とはまるで違っていた。足の細くて長いことや、引き締まった胴体の艶《つや》やかなこと、とても同じ馬とは思えない。

馬が三頭、顔をそろえて、その背に二人立ち、その肩にまたひとり立つ、人間梯子《はしご》にも目を見張った。地上で組み立てるのではなく、疾走している馬の背の上での芸だから驚いた。日本にだって、馬芝居、あるいは馬の曲乗りがあった。横腹に張りついたり、腹の下をくぐって、また背にかえったり……。しかしスピードが違った。軽快なテンポで次々演技がくり広げられるところは、まるで回り灯籠《どうろう》を見るようであった。

玉乗りも菊十郎たちには初めての見ものであった。大きな鞠《まり》に乗り、体を弾《はず》ませて宙返りをして、また鞠にかえる。その身軽なこと。

「とってもかなわねえと思うけんどよ。人間て、きたえりゃああいうこともできんだねえ。」

菊十郎の感想であった。

今回は足芸はなかった。本当は足芸はリズリーのレパートリーの一つ。むしろ得意芸のはずである。一八四三年（天保十四年に当たる）、ロンドンのストランド劇場で、息子を足に乗せて評判をとった。ヨーロッパでは足芸のことをリズリーというそうだ。なぜ演目に加えなかったのだろうか。

そのリズリーについては、『ヤング・ジャパン』（ジョン・レディ・ブラック著　ねずまさし他訳・東洋文庫）に詳しい。

それによるとリズリーは、サーカスに見切りをつけると、居留地で牛乳屋を開いた。外国人たちにとって、牛乳は必需品だから、これも初めは景気が良かった。しかし居留地の外の一般の日本人には、あまり売れなかった。長年の習慣で、四つ足を敬遠し、バターや牛乳を、やれ臭《にお》うとか、飲めば角《つの》が生《は》えるんじゃないかとかいって嫌う人が多かった。中には西洋かぶれもいて、いち早くちょんまげを切り落として、洋服を着、パンを食べる人だっていた。けれどもそれはごく少数であった。

牛乳屋と一緒に、リズリーは氷屋もやった。天津《てんしん》（中国現在の審陽）から取り寄せたという。

冨士の山から切り出した氷も、江戸に着くうち溶けてしまったというから、はたして輸入氷は溶けなかったろうか。リズリーの出したものかどうかわからないが、明治四年六月十日の横浜毎日新聞に広告が出ていた。

「輸入氷　一ポンドにつき三セント」

実はこの氷屋商売もうまくいかず（やっぱり溶けたのか）とうとう廃業して、店は競売になった。何をやっても中途半端になり、うやむやになる人がいるもんだが、リズリーもその典型かもしれない。器用貧乏というタイプなのだろう。

ある日、リズリーは居留地を出て町を行くと、枝ぶりのいい松の並木の下を、幟を持って練り歩いている広目屋に出会った。幟に書かれている字は、もちろん読めない。しかし上の方に描《か》かれている絵は、綱の上を日傘を回して渡る娘ではないか。

「サーカスだ。」

リズリーは思わず、広目屋の後をくっついて行った。

着いたところは神社の境内であった。材木を組んで、莚を高く張りまわした日本式のテントだ。入口には米俵を足で回している足芸の極彩色の看板がかかっていた。約一メートルおきに立っている幟も、リズリーの目には珍しい。

思わずつられて中に入ると、美しい小袖《こそで》に袴《はかま》を着けた娘（美代吉であった）が出て来て、奇術をやった。

小さな薄い紙切れをふところから取り出すと、ちょっとひねって、扇であおいだ。まるで春の陽に酔ってひらひら舞う蝶。のどかな光景である。蝶が力が尽きて落ちてくると、娘はすかさず風を送った。ある時は娘の広げた袖にとまって、息づくように羽を動かし、休んでいるかと思うと、またとび立ち、ひらひらひらひら。追うとさっと空の高みにとびあがる。紙の蝶は二匹になったり、次々ひねって七匹一度にとばしたり……。奇術というより、舞踊のような美しさであった。

リズリーは中村為吉の足芸も見た。重い俵を軽々と足で上げその上に、子役の千吉が乗って、三番叟を踊った。

リズリーが連れてきた西洋のサーカスは、日本の芸人にとって大きなショックだったが、そのリズリーは、日本の小屋掛けの大道芸に、繊細で綿密な心くばり、東洋的な神秘感の漂う芸に惹《ひ》かれた。これをヨーロッパに持って行ったら当る！

リズリーが牛乳屋、氷屋の次はサーカスの興行師をやった。

エドワード・バンクス（日本人はへんくつさんと呼んだ）というアメリカの領事官と組んで、日本の曲芸師を連れて、アメリカ、ヨーロッパを廻った。その一行が高野広八一座ということは、広八の渡航の日記があるのでわかっている。どうもその中には和泉菊十郎も中村為吉も、千吉の名もない。改名しているわけでもなさそうだ。

上海、香港経由でパリ、ロンドンにたどり着いた芸人もいたらしいし、サンフランシスコに上陸、あとは鉄道でワシントン、ニューヨークに出た一座もあった。そのどれかにいるのだろうか。とにかく旅芸人たちは記録などとらないから（高野広八は例外である）、さっぱり真相はわからないのだが――

こがねのゆびわ

一膳めし「ろくいむ」の評判は六右衛門のこしらえる一品盛りの皿にあった。決してきれいとはいえない、屋台同然のめし屋だが、これまでにもいくつかの傑作があった。

例えばこの季節だったら、アサリのむき身に牛蒡《ごぼう》、長葱《ねぎ》、豆腐を味噌の味で仕立てた鍋が人気だった。丼《どんぶり》に飯をもらって、そこに鍋の汁ごとぶっかけるのが鶴見流で受けた。

たまたまこれを食べた東京の客が、帰ってから料理屋にこしらえさせた。それが東京人にも気に入られ、「深川なべ」とか「深川どんぶり」と名がついたそうだ。東京ではアサリといえば、本場は深川ということになっている。

そのアサリを「ろくいむ」に届けるぼてふりは、直吉といった。こまっしゃくれた子でいっぱしのことをいうけど、十歳ぐらい。ぐらいというのは、本人だってわからないからだ。

生まれもはっきりしない。浜のアサリ小屋に半纏《はんてん》にくるんでおきっぱなしになっていたのを、漁師のおかみさんのおすえが自分の所へ連れていった。自分の家にも同じくらいの子がいるのに――。

「ひとり育てるのも、ふたり育てるのも同じことさ。」

直吉という名も、おすえがつけた。

おすえの子は女で、おみやといった。七つ八つの頃からむき身の手伝いをさせられているが、直吉はアサリのぼてふりになった。

「ええ　からアサリ　からアサリ。」

見かけによらず直吉は澄《す》んだ通る声で、待ってくれるお得意もできているらしい。

浜にはむき身小屋があって、浜の女たちは巾広《はばひろ》の前掛けを広げて、先の丸く、薄くなった、使いこんだ刃でむいていく。むくにも上手下手があって、雑にむくとせっかくのアサリは潰れるし、ひもとか足もちぎれ、たっぷり持っているつゆ気もなくなってしまう。

むき身上手は生麦に三人、鶴見の潮田《うしおだ》にふたりと、何人もいないが、おすえはそのひとりであった。

おすえは自分のむいた上等なのを少し、直吉にわけてやった。

「こづかいにおし。」

直吉はそれを「ろくいむ」に持ってくる。粒がそろい、ふっくらやわらかく、甘味があり、「ろくいむ」の鍋がおいしいわけだ。

春アサリは浜近くにやって来る。卵を産むためである。陽に温まった浅い水の中に、アサリはふわっと煙を吐く。それが卵だ。そして産卵が終るとアサリは沖へ帰っていく。

ちょうどこの時期、もっとも遠くまで海水の引く大潮に当たり、遠浅のこの辺の海岸は磯遊びができる。アサリやほかの貝も浜近くいるから、行楽には都合が良い。

直吉は耳学問だが、アサリのことはよく知っていた。もっともその貝の講釈をがまんして聞いてくれるのは、おけいだけだ。ほかの連中は、笑いの種にしたり、茶化《ちゃか》したりする。

「おめえ、からアサリ、からアサリって、身のねえからを売ってんだって？」

とからかう子もいた。

「貝の卵は米つぶっくれえのちっちぇえのが湧くようにかえるだよ。そのまんまにしておくと死んじまうからよう。漁師たちはしゃくって沖に放しにいくんだ。『貝の種まき』っつうだ。」

「へえ　知らなかった。」

おけいはいつも上手に聞いてやる。

「秋にはアサリはしっかり大きくなんからよ。マンガ（馬鍬）という刃のついたくわを、長い竿《さお》にゆわえつけて、べカ舟でしゃくうだ。マンガをゆすぶって、藻《も》くずや砂なんか落とすと、ぴっかぴかのアサリはひとしゃくい三、四合はとれるだよ」

「蛤《はまぐり》はいないの？」

おけいは聞いた。

「ハマグリはずっと沖だ。すこしやわらかい泥まじりの砂ってえから、ここよか本牧《ほんもく》の沖だな。アサリは荒い砂がええだ。」

アサリは誰にでも獲れるから、全然漁に関係ない素人たちまでが、ベカ舟を借りて海底を引っかき回した。

「でもよ、いくら誰にでもとれるっていってもよう。上手と下手があらあね。こつがあって、やたらにかんまわしてもだめ。しゃくい方も足んねえのかもしんねえけんど。」

アサリを山にして、舟べりすれすれに水について帰ってくる舟もあるけれど、それ程でないのもあると、直吉はいった。

「そりゃ浜を知ってる漁師にはかなわないよ、ねえ。」

「その漁師も、アサリにいっぺえ食わされっことあんだと。当たりをつけといてもよ。アサリの都合で、一晩でごっそり他へ移っちまうんだと。アサリがぎっしり層になってたのによ。」

アサリの舟を浜で待っている直吉たちは、笊《ざる》にもらうと井戸端に持っていって、ざあざあ水をかけ、残っているごみを流す。それを海水を張った桶《おけ》に一晩浸《つ》けて、砂を吐かす。そしてそれを次の朝、といっても暗いうちに売りに行く。

「どこまで売りにいくんだい。」

「大体きまってんだ。この辺の人は横浜へ行くだよ。」

おつけの実だから、朝御飯に間に合わなければ何にもならない。だから家を出るのは、やはりまだ暗いうちだ。

横浜に着く頃には、東が明るむ。そして浜に帰り着くのがやっと昼前。夜中に起き出すので、それから一眠りして、夕方あしたの仕度にかかった。


ある日直吉がやって来て、おけいを表に呼び出した。

「これ。」

直吉はおけいの手に何か握らせた。金色に光った小さな輪で唐草《からくさ》の模様が彫《ほ》ってあり、その蔓《つる》が小さな赤い光る石を抱いていた。

「なあに、この輪っか。直ちゃん、これどうしたの？　わかった、大通りで拾ったんでしょ。大名が落としてってたんだ。」

「違う。」

「なんだろう。これ、金でできてんだ。楽器かな。ほら、お琴かきならす爪みたいに。これで糸をはじくんだ。三味線かな。」

「おらだって、わかんないよう。」

「字をかく筆にはめてあるのが、すっぽぬけたのかもしれない。」

「財布の根付《ねつけ》かなあ。」

「あっ、お守りかもしんないよ。神社でお払いして、お守りに出すとこあるんだよ。錦の袋からころがり出したんだよ。」

「へえ、お守り?」

ふたりは陽に透《す》かしたり、ちんと弾《はじ》いたり、輪っかの正体をあれこれ探っている時、店から六右衛門が出てきた。

「ああ、いい陽気だ。」

伸びをした六右衛門に、おけいは聞いた。

「これ、なんだろうね、おとっつぁん。わかる?」

「うーん、わかんねえな。もしかすっと指はめかな。」

「指はめって?」

「指にはめるかざりだ。金もちの奥さんが指にはめるだ。」

「へえ、見たことない。」

「この辺じゃやんねえべ。仕事の邪魔になるもの。川崎の町家のお家《いえ》さんで、唐渡《から》りの銀の指はめしてるってのはあんけどよ。これは銀じゃねえ、金だ。こがねの指はめっつうことになりゃ、居留地の奥さんくれえだな。直《なお》よ、どこで拾った？」

「浜。」

「どこの浜だ」

「この下だ。鶴見の潮田の浜だよ。」

よくよく聞いてみると、この間の大潮の時、居留地の英国人の一家を案内して、潮干狩をさせたというのであった。

「そん時、見つけただ。」

直吉にとって浜の貝拾いなんて面白くも何ともなかったがイギリス人の一家は喜んでいた。つい先頃、文久《ぶんきゅう》二年（一八六二）のこと、イギリスの商社員が薩摩藩士に斬られたり、井《い》戸ケ谷《どがや》（横浜市南区）ではその次の年、フランス士官が浪士に襲われたりして、居留地の異国人たちは、磯遊びどころではなかった。

「浪士こわい。日本刀おそろしい。」

で、出歩かなかった。どうしても出なくてはならない時は、懐中にピストルを忍ばせていた。それが明治になって、どうやら浪士は鳴りをひそめ、異国人もやっと歩き回れるようになった。

その一家は馬車で浜までやって来た。連れてきた通訳が一家の名をいったのだが、直吉には英語の名前は聞きとれなかった。必要ないと思ったので、確かめもしなかった。

イギリス人の主人は商社員らしく、生地も仕立ても良さそうな背広であった。それくらい直吉にもわかる。夫人は花模様のふくらんだスカートに、大きなショールを肩にかけていた。

男の子はズボンをたくしあげ、裸足で砂浜を駆けていったので、直吉はあわてて後を追った。直吉の役目はその子の守《も》りだと、通訳がいったからだ。男の子は水溜《た》まりがあると飛こんでしぶきをあげたり、水を掬《すく》って直吉にかけたりした。多分居留地では閉じこめられて、滅多に外に出してもらえなかったのだろう。潮が引く時、波と一緒に足の下の砂がえぐれる。それが面白いのか奇声をあげるし、逃げそこねたカレイをふんづけて、足の下で動いたといっては、きゃあきゃあ騒ぎ、いちいち直吉を呼び立てた。

一家は浜でひとしきり楽しんで帰っていったが、その時直吉は小石の陰で砂に埋まりかけている指輪を見つけたのであった。

「どうしてあたしんとこ持って来たのよ。おみやちゃんにやんなくていいの?」

ふっと直吉が目をそらしたので、おけいはあっと思った。直吉はもしかすると、自分が捨子だという事を知ったのではなかったろうか。おすえたちは気を使っていても、浜にはちょっかいを出して、もめさせて面白がる連中はいくらでもいる。きっと嫌な思いをしているんだ。

しかし直吉は一瞬のうちに立ち直った。

「おみやに指はめなんか似合わねえよ。おっかちゃんはこん次だ。」

「ねえ、直ちゃん、この指はめね、やっぱ居留地の奥さんに返した方がいいよ。これ、とても大事なもんなんだよ。失《な》くした異人の奥さん、青くなって探してるよ。」

「だって居留地のどこの異人かわかんないもん。」

「名前知らないの？　案内したんだろ。」

「通訳の人いったけど、ぺらぺらって。わかんないよう。」

「それ持って、居留地じゅう歩きまわってごらんよ。」

「えっ、居留地って、何百軒もあるよ。」

「何よ、骨惜しみしないの。いつもぼてふって横浜行っててんじゃないのさ。」

「でも居留地のさくの中は入ったことないよ。関所があるもの。」

「ぐすぐすいわない。あたしが一緒に行ってやる。」

おけいがいったので、直吉はやっと「うん」と、いった。

横浜に入るには、何通りかの道があった。神奈川に出て、あるいは野毛《のげ》まで行って、舟でいくと州干《しゅうかん》弁天の桟橋につく。歩いて行くには、伊勢佐木《いせざき》町に出て、そこから横浜はすぐ。直吉がアサリ売りに行く時通るのがこの道であった。

それがこんど便利になった。吉田橋が開通したからであった。日本で最初の鉄橋で、明治二年、イギリス人のブラントンの設計したもので、横浜では鉄《かね》の橋と呼ばれていた。

この橋の袂《たもと》には厳重を極めた取り調べをした関所があった。今は浪士の心配はなくなったが、それでも大八車《だいはち》に積んである茶箱も、生糸《きいと》の行李《こうり》も、一つ一つ開いて改めていた。つまりこの関所の内側が関内《かんない》で、今もその名は残っている。

橋を渡ると、馬車道という広い道がまっすぐ通っている。植えたばかりの柳の並木があり、土蔵造りの店、西洋建築の商館が並び、おけいが見とれていると、二頭立ての馬車が来た。思わず飛びのいてふり仰ぐと、異国人の女の人が乗っていた。

おけいははっとして、直吉をつついた。

「ちょっと　ちょっと、直ちゃん。あの人違うの？」

「えっ、あの馬車の人？　違うよ、あんな柄《がら》の洋服じゃない。」

「馬鹿だねえ。おしゃれな人は着るもの、朝、昼、晩とかえるんだよ。」

生糸を扱う店。

宝船の彫刻をしたサンゴを飾り棚において、看板にしている骨董屋。

呉服屋。反物《たんもの》を行李に入れて、大八車に積む使用人たち。

そこへ赤いラシャ地の軍服のイギリス兵が通る。青い制服のフランス隊が来る。別当《べっとう》（馬丁）に手綱《たづな》をとらせて、馬を走らせる西洋人もいる。「ナンキンさん」と呼ばれている中国人にも会う。

その度におけいと直吉はうなずき合う。横浜でなければ見ることのできない人たちであり、通りの様子だったから。

中国人の召使いに子どもを抱かせ、自分は犬の鎖を持った西洋の婦人もいたが、潮干狩に来た人ではなかった。

「犬のこと、英語でカメっていうんだ。」

カメとは、犬のことを「カメン　カメン（Come on Come on)」と呼ぶのを、聞き違えていたのである。

「犬なんかどうでもいいよ。あの女の人じゃないんだね。」

「違う。」

もう一つ横浜の大きな商店街である弁天通りも行ってみた。銀行もある。両替店もある。舶来の雑貨を並べた店もあった。

犬とかインコ、オウムなど売っている店もあった。アヒルががあがあうるさく鳴き立てると、つられてインコも騒ぐし、犬も吠えていた。

屋台の食べもの屋もあった。果物、天ぷら、すし、だんご、大福餅、おでん、焼きそばなど。

櫛、笄《こうがい》、縮緬《ちりめん》の風呂敷など、外国船員向けの土産《みやげ》もの屋もあった。「花島商店」とあり、のぞくとちょんまげのまんまの男の人がいた。主人だろうか、手代だろうか。

おけいは指輪のことを聞いてみようと思った。日本人だから聞きやすい。

「あのう、この指はめ、見覚えないですか。持主を探しているんです。」

おけいは直吉に、指輪を見せるよう合図をした。

「どらどら、見してごらん。うん、この金はやわらかい。純度が高い。これ、売りたいのかね。」

「いえ、この持主を探して、返したいんです。」

全然こっちのいうことは聞いていない。

「どこで拾った？　いやさ、どこで盗んだ？」

土産もの屋は指輪を返そうともしない。おけいは青くなった。

「だから、拾ったんです。この持主に返したいんで。」

「わかった、いや、この店であずかるよ。こっちで探がして持主とやらに返せばいいんだろ。二、三日あずかっておく。」

おけいと直吉は顔を見合わせた。

「あ、そうそう、その指はめの、模様なんですが……、いえ、そこのとこ…、いえ裏、ちょっと貸して。」

説明をするふりをして、おけいは指輪を取り返した。

「逃げよう、直ちゃん。」

おけいは直吉の腕をつかむと、店を飛び出した。

「あ、どろぼう、どろぼう。指輪どろぼう、つかまえてくれ。」

尻ばしょりをし、大きな信玄袋を背負《しょ》った居留地見物の一行に紛《まぎ》れこむと、ふたりは次の横丁に駆けこんだ。

「ああ、こわかった。指はめとりあげられそうになった。あの人に渡したら、自分のものにされちゃう。こっちが子どもだと思って、馬鹿にして。あっちこそどろぼうだよ。」

横丁があると、必ず曲がり、駆けに駆けた。気がつくと人通りのない道に出ていた。五、六段、丸石を積みあげて土留《ど》めした上に満天星《どうだん》ツツジが植えてあった。ふたりはその茂みに飛びこんで、じっとしていた。

いつまでも動悸がして、長いこと動けなかった。顔を出せば、土産もの屋に見つかると、首を縮めたままだ。

「どうしよう、おけいちゃん。」

「もう少し、かくれていよう。」

途端に下から声がした。

「おいっ、そんな所で何やっとる。」

見廻《まわ》りの巡羅《じゅんら》であった。もともと浪士の取り締まりが仕事だが、明治になってからは、すりやこそ泥の警戒であった。

「あのう……、実は居留地の異人屋敷の見物に来たんですけど、村の者にはぐれて、ここで休んでたんです。」

「異人屋敷なら、居留地に行かなきゃ。」

「ここ、居留地じゃないんですか?」

「異人屋敷のある居留地はもっと先だ。ここをまっすぐ行けば海岸通りに出る。そこが異人の居留地だ。」

「わかりました。」

「おいっ、おまえたち居留地でうろうろすんな。村の衆からはぐれると危険だぞ。異人は子どもをつかまえて生き肝《ぎも》はぬく、生き血を吸う。さっさと帰った方がいい。」

「……………」

ふたりは逃げるように駆け出した。

「指はめ持ってるなんて、いわなくてよかった。泥棒にされて屯所《とんしょ》につれてかれてるよ。居留地ってこわい。」

「うん。」

直吉も頬を引き締めた。とんでもない所へ来たと恐いのは同じだった。

海岸通りに出た。港の桟橋《さんばし》には外国船が泊めてあった。荷揚げも終ったのか、人夫もいない。

海は夕焼けがかすかに残り、まだ明るいのに陸は暗かった。英一番館のマゼソン商会、アメリカ一番のホール商会が並び、突然その窓の一つに明かりがついた。ギヤマンをかぶせた灯油のランプだが、とたんにどっと夜になった。

ふたりはまた急に恐ろしくなった。とてもこれ以上ここにはいられない。異人館から誰か出て来て、引きずりこまれそうな恐ろしさだった。生き血を吸われ、生き肝を抜かれ……。

その時英一番館の裏の辺で、汽笛が鳴った。

ふたりは恐さでじっとしていられず、思わず英一番館の横の道に駆けこんだ。すると、そこには若い娘たちが通りにあふれていた。次から次から湧いてくるように。疲れきって元気をなくした、目ばかり光る、どす黒い顔の娘たちであった。血を抜かれ、生き肝を取られた娘たちだと、おけいは悲鳴をあげそうになった。

「あれっ、おけいちゃんだろ。どうしたんだよ、おけいちゃん。」

青黒い顔の幽霊に声をかけられた。

「…………」

返事をするどころか、それが誰なのか、恐くて顔もあげられなかった。

「あたしだってば。わかんないの？　鶴見のおまさだよ。」

「えっ、おまさちゃん？」

よくよく見ると、大工職の佐吉の所の娘だった。でも一体どうしてここへ？　その顔色はどうしたっていうんだよ。

「お茶場につとめてんだよ。」

するとさっきの汽笛は終業の知らせで、この娘たちは帰るところだったのか。

「マゼソン商会のお茶場につとめてんの。」

輸出用に集められた茶の葉を煎《い》り直す工場で、二百近い炉があり、大きな鍋がその上に乗せられている。二、三キロずつ茶の葉を入れてかき回すのが仕事だと、おまさはいった。

どの炉も炭火がかっかとおこっているから堪《た》まらない。たちまち汗で濡れてくる。夏など卒倒する者も出てくる。しかし中国人の監督がやかましくて、休ませてもらえない。

井戸で水をかぶって、息をつくと、また火の傍に連れ戻される。

からからに干した煎《せん》じ薬みたいな色では、ヨーロッパ人は喜ばない。そこで色あげするために、青や黄の染料を混ぜる。それが娘たちの顔まで染めてしまうのであった。

「おまさちゃん、今から鶴見へ帰るの？」

「そうさ。」

「それで、あしたの朝またここに来るの？」

「そうだよ。一日契約で、毎朝工場の開門を待って並ぶのさ。」

何を思ったのか、おまさは歌い出した。

「野毛山《のげやま》の鐘が
ごんと鳴りゃ
ガス灯が消える
早くいかなきゃ
釜がない」

近くを歩いていた女工たちが、おまさに合わせて歌った。

「何よ、それ。」

「釜でみんなで歌う歌さ。熱くて熱くて、歌でも歌わなきゃやっていられないのさ。」

「おまさちゃん、体こわしちゃうよ。」

それでも給金がもらえるというのは有難い。それも外国商館によっては、賃金が多少違う。だから条件のいい工場は夜明けから大行列だと、おまさはいった。

「英一のマゼソンはいい方さ。うん、こういう歌もあるよ。」

「鬼の三番
佛《ほとけ》の五番
情《なさけ》知らずの六十番」

「おけいちゃんはなんでここにいるんだよ。お茶場の下見ってわけじゃないよ、ね。」

そこでおけいは、直吉の拾った指輪の話をした。

「それなら通訳を探した方が早いよ。異人屋敷の奥さんのことも、通訳が探してくれるよ。」

ああ、通訳か。通訳ならひとり、鶴見にいると、おけいは思い出した。鶴見の正泉寺《しょうせんじ》には、異国人やそれを狙う浪士を見張る役所があった。そこに通訳がいた。

「おまさちゃん、関川さんって知ってる？　鶴見の見張所の。」

「ああ、あの人ね」

「あの人鶴見の人だよ。米屋に奉公しながら英会話の学校に通ったんだって。あの人なら気さくで頼みやすい。力になってくれる。よかったね、直ちゃん。」

その関川通辞《つうじ》がイギリスのコンシェル（領事館）に聞いてくれた。

「直吉、あした横浜にいけるか。」

関川さんが直吉にいった。

「うん、アサリ売りにいく。」

「よし、終ったら鉄の橋の関所に来い。英コンシェルの通訳がおまえをその奥さんの所に連れてってくれる。七十番のホテル……、異人旅籠《はたご》だ。『カブタイメン』の所に泊まっている家族だった。着いたばかりで、まだ家が決まってなかったんだ。」

「なんという奥さんですか。」

「コーンスホーンという一家だ。」

そういえば、そんな名前だったかもしれない。

「おまえの拾った指輪は、イギリスを立つ時、奥さんのお母さんからもらったもんだったそうだ。それを失くしたっていうんで、ホテルじゅう大騒ぎだったそうだよ。ホテルの従業員が総出で、ホテルの前の道の石ころひとつひとつひっくり返したけど、見つからなかった。まさか鶴見の浜で落としたとはね。新しい指輪で、海の水ですっこぬけたんだね。直吉、おまえは『オネスト　ジャパニーズ　ボーイ』って、評判になってるぞ。」

そこのけそこのけ蒸気車が通る

開化、開化といっても、音を立てて日に日に変っているのは横浜村だけ。あるいは鶴見、川崎を素通りして東京（トウケイといった）だけのこと。鶴見界隈は文明とも開化ともあんまり関わりがなく、のんびりしたものだった。ところが——

「てえへんだ、てえへんだ」

一膳めし屋「ろくいむ」に飛びこんで来たのは、博労《ばくろう》の留蔵《とめぞう》であった。馬を扱って宿場に出入りしているので、村一番の早耳で、時には正式の通知の来る名主《なぬし》より早いことがあるのが自慢だ。仇名《あだ》を「てえへん留《とめ》」といった。

「大通り（東海道）に鉄の道が敷かれてよ。蒸気車が通るっつうだ。」

「ジョウキシャたあなんだよ。」

「ペロリが乗って来た蒸気船な、あいつが陸《おか》にあがってくんだと。火い燃《も》して、熱い息ふうふう吐いてよ。飛ぶようだと。」

留蔵はまたえらい話を持ちこんだものだ。それはたまたま宿場の茶店で休んでいた洋服の官員さんがしゃべっていた。

「火を発して、機活《きい》き、筒、煙を噴き、輪、皆転じて、迅速飛ぶがごとし」を、留蔵が聞きかじっていたのであった。

「なんで、そんなもん走らせるだ？」

すぐ相手になるのは、屋根葺《ふ》きの彦太郎、木挽《こび》きの五左衛門、鍛冶《かじ》屋の源太郎といった、いつもの常連であった。

「かごや馬の代りに、客運ぶんだと。」

「火い吹く鉄の車に乗んのけ？　おっかねえ。そんなもんが通るようじゃ、鶴見にゃいらんねえな。くわばら、くわばら。」

「なあに、留《とめ》の大口《おおぐち》にきまってらあな。」

と五左衛門は眉《まゆ》につばをつけた。

そして、その話はそれきりで終った。誰も実感がなく、本気にできないからであった。それが俄《にわ》かに本当になったのは、留蔵の「てえへんだ」から、三ケ月はたっていた。

「おらっちのとうちゃん、来てるけ。」

半次が泣きべそをかいて、「ろくいむ」をのぞいた。昼めしが終り、夜の仕度にかかる間の、ちょっと暇な時間であった。

半次の父ちゃん、栄造は近ごろよく、「ろくいむ」にセリとかクコの芽とかタニシを集めて売りに来た。

「あれ、きょうはまだ見ないよ。半ちゃん、なんだよ、その顔は。」

おけいは持っていた台布巾《ぶきん》で、思わず半次の目の下をこすった。

「おらっちの田に、あしたゲエコクジンが来るだと。棒ぐい打って寸法測るっつうだ。鉄道の御製造だとよ。てえへんな時、いつもとうちゃん、いねえだ。」

「何、鉄道だと？　するてえと留のいってたのは本当だったのかよ。」

裏で一服していた六右衛門も出て来た。

「おらっちの田のある佃野《つくだの》ばっかじゃねえ。続いてる東寺尾、北寺尾、芦穂崎《あしほざき》、富士見台、二見台がやられんだと。鯉が淵で川に出て、橋かけるっつうだ。」

半次のいったのはみんな鶴見の山寄りの字名《あざ》である。今の地図で見ると鉄道の線路は東海道と平行に、その字を通っている。

その時の名主への通達というのが、

「鉄道御製造につき、異人壱《いち》人、付添役人七人、測量手伝十五人。支障なきよう。なお宿泊も手配のこと。」

であった。

何がなんでも鉄道を敷くといい出したのは、伊藤博文と大隈重信で、かなり強引であった。たぶん明治新政府の威力を示すためには、そのくらいの大事業で、一般をびっくりさせなければという肚《はら》だったらしい。ところが西郷隆盛初め政府の要人はほとんどが反対であった。ふたりのあまりの強引さにも反発を感じたのかもしれない。

「今はいくらでも兵がほしい。武器がいる。急を要さぬ鉄道に金を使うなど言語道断。」

鳥羽伏見の戦いも尾を引いていて、民間のあっちの金持ち、こっちの金持ちに軍用金の無《む》心《しん》をしていたくらいだ。

「鉄道を敷く金なんて、どこにもない。」

「何、イギリスから借りてくれればいい。」

これも反対の起こる理由であった。

「イギリスに借金する？　技術者はイギリス人だと？　もしイギリスと国交があやしくなった時はどうする？　国内はすっかり調べあげられてる、鉄道は取りあげられる……。伊藤も大隈も売国奴《ばいこくど》だ。」

といきり立ち、ふたりは身の危険を感じることもあった。そこをどう切り抜け、どう策したものか、とにかく閣議で鉄道を敷くことが決まったのが、明治二年（一八六九）十二月であった。

まず東京から大阪、神戸を結ぶ幹線が計画された。東海道沿いでなく、中山道を通すことになっていた。海沿いを行くのでは、外から丸見えで、軍事上良くないという理由であった。

イギリス人の技師長、エドモンド・モレルが着いたのが翌年の三月九日、続いてジョン・ダイアック、ジョン・イングランド、チャールズ・シェパードたちが、モレルの補佐役として着任した。

彼らは、早速仕事にかかった。とりあえず東京、横浜の支線である。それは比較的平らでレールが敷きやすいからであった。高い山がないといっても、川や湿地が多い。高輪《たかなわ》にある海軍の事務所、品川八ツ山の陸軍の事務所、台場などの軍用地とか、反対派の急先鋒、西郷隆盛のいた田町《たまち》の薩摩藩下屋敷は横切ることができず、止《や》むを得ず海の中に築堤《ちくてい》をこしらえて、レールを通すことにした。

まず測量である。横浜の野毛浦《のげうら》から川崎までと、新橋汐留《しおどめ》から蒲田の六郷までと両方から測った。モレルは小野友五郎、小林易知《やすとも》、それに通訳として松永芳正《ほうせい》がつき、野毛浦からかかった。新橋側はダイアック、武者満歌《むしゃまんか》が、そして通訳に桜井伝蔵がついた。

測量班が鶴見にやって来たのは、六月五日であった。

「それっ」とばかり村じゅうが見に走った。「ろくいむ」のおけいも真っ先に駆けつけた口だ。隣りの源太郎の一家も、そのまた隣りの木挽きの一家も総出であった。

「わあ、大した人出だねえ、かじ屋のおじさん。あれ、おでんの屋台も出てる。」

「おけいちゃんもおとっつぁんの煮たなべ、かかえてくりゃよかっぺ。」

「いやだよ。そんなみっともないこと。」

おけいは、そっと半次の姿を探した。あれから半次も栄造も「ろくいむ」に来ないので、どうしているか気をもんでいたところであった。様子を見に行ってやればよかった。

馬車が着いた。

降りて来たエドモンド・モレルという技師長は痩《や》せて、ひょろっと背が高く、濃い栗色のひげが頬をおおっていた。新任地で馬鹿にされないよう、船の中でひげを伸ばし、二十八歳という若さを隠し、貫録《かんろく》を出したところだ。

「あの人、お面みたいにまっ白《ちろ》。」

西洋人だから白いのは当り前だが、血の気がなく、青く冴え返っていた。実はモレルは病身であった。病名は肺結核。梅雨のじっとり重い、蒸し暑い日本の気候がさわらないはずはない。それなのにモレルは誰よりも早く宿舎（横浜にあった）を出、一番遅くまで現場にいた。日本でのモレルの評判は概して良くて、どの記録を読んでも、そこのところが必ず出てくる。

モレルに続いて、鉄道係のお役人、技師、測量の手伝いなど十五、六人が降りて来た。羽《は》織袴《おりはかま》に陣笠《じんがさ》。中には古着屋で買って来ただんぶくろ（ズボン）もいた。足は必ず草鞋《わらじ》履きであった。

「あれ、あの人、関川様だよ、おじちゃん。」

「え、どれだ?」

「ほら、今外国人としゃべっている人。」

「ああ、ほんとだ。見張所の通弁だ。」

文久二年（一八六二）、薩摩藩の行列の前を横切ったとしてイギリス人が斬り殺された、いわゆる生麦事件があった。そのあと外国人が遊歩地区からそれてこないよう、また反対に外国人と見ると斬りかかる攘夷《じょうい》の浪人を取り締まる係ができた。その役所が生麦の正泉寺《しょうせんじ》の境内にあり、いつも十人ほど詰めていた。

そう毎日事件なんてないから、暇な時には、隣りの蛇《じゃ》の目《め》茶屋の裏の広っぱで、よく剣道や弓の稽古《けいこ》をしていた。剣道は面の額《ひたい》に貝殻を貼りつけ、その割っこで、はじまると子どもたちが見物に集まった。弓の名人は吉田伴六という侍《さむらい》で、まるで那須《なすの》余市《よいち》のように百発百中であったが、銃や大砲を持っている外国人に向かって、勝ち目があるんだろうか。これが見物人たちの感想であった。

関川恒太郎はそこの通訳であった。十六歳の頃から、米屋に奉公しながら、英会話の学校に通った。今度もその実力と鶴見生麦辺の地理に明るいというので雇われていた。

次々田の畦《あぜ》に工具が下ろされた。距離を測る物差し、これは八インチ（約二十センチ）の金属の物差しが鎖でつながっていた。印《しるし》ごとに打っていく杭、地面が水平かどうか調べる転鏡儀などもあった。それらが出てくる度に、見物人は「うおーっ」と、溜《た》め息のような歓声をあげた。

今までだって東海道の道普請《ぶしん》とか、橋の掛け替えなど、何回か見たことがあるはずだが、イギリスの機械は目新しく、何に使うのか、見当もつかなかった。

「ああっ」

突然悲鳴があがった。栄造である。四反《たん》ほどの小作に過ぎなかったが、それでも父親、そのまた父親たちが代々耕し、耕し……、黒ねりのようかんのようにねっとり艶《つや》のある田であった。今その田は植えたばかりの苗がどうやら根づいて、風が来ると、細い葉を一斉にそよがせていた。

そこへイギリス人の技師、日本の役人たちがざぶりざぶり入っていく。栄造はモレルの長い足にむしゃぶりついた。モレルは辛そうな目をして、通訳をふり返った。

栄造は役人たちに押さえつけられ、畦に引っぱりあげられた。

「おかみの仕事だ。田一枚まるまるというわけではなし……　ほんの帯の巾《はば》だけもらえばいいんだ。」

ほんの帯の巾というけれど、鉄道のレールを敷く道巾は十二間《けん》、それも斜めに取られる。田はずたずたであった。

モレルはしばらくじっと立ち尽くして、身をもんでいる栄造を見ていた。横浜からここへ来るまでも、度々この騒ぎには出会ったに違いない。かえって日本人の役人は平気、というよりうるさそうな顔で、栄造をにらんでいた。そしてモレルに、

「さあ、さあ」

と急《せ》き立てた。

そこでモレルはもう一度すまなそうな目を栄造に向けてからやっと、仕事にかかった。手伝いに棒を持たせ、田の中に立たせると、転鏡儀をのぞいて合図をする。その度に手伝いは半歩右へ行ったり、少し戻ったりした。

日本人の技師たちは士族だから大小を差していなくてはならなかった。それが邪魔で、棒杭に引っかかって倒したり、転鏡儀を引っかけたりした。もう一つ困ったのは、刀の鉄分が磁石を狂わせたりした。

そこで測量の技師だけは、刀を差さなくてもよいことになった。ただし、現場をはなれた

り、役所に連絡に行く時は必ず差さなくてはならなかった。

杭を打ち終ると、早速その田は買収された。鶴見はそれが栄造初め十六人分。一反につき七十一両だが、もちろん小作人の栄造の手には、いくらも入らなかったろう。

ある日、博労《ばくろう》の留蔵が「ろくいむ」にやって来ていった。

「鉄道のお係りが人夫を五十人募集してなさる。横浜の事務所だよ。給金も出るってえから。誰か出ねえか。」

六右衛門はおやっという顔をした。その頃の土木工事の人寄せは、仕事師といわれる鳶職《とび》とか、地元の侠客《きょうかく》が仕切っていた。

江戸時代の教科書「商売往来」には、「人寄せ」については出ていない。いわば闇の仕事であった。

「今度おかみで鉄道を敷く。道普請に五十人頼む。」

「へえ、ようがす。」

と口伝えで送りこまれる。だから書類は残っていない。

例えば鶴見辺だと、程ケ谷《ほどがや》の伸三、あるいは半鐘兼《はんしょうかね》という仇名の堀井兼吉の縄張りになっていた。半鐘というのは、出入り《でい》（喧嘩）の時半鐘を鳴らして子分を集めたからとか、大通りを大声で馬子歌《まごうた》を唄うので、その声が半鐘のようだったとかで、ついた名であった。義理と人情が表看板、時には少々おっかない顔も見せるし、見栄《みえ》っぱりでへそ曲りなところもあるが、そこのところが、また土地の人には親しまれてもいた。

賃金はだいたい一括して親分に渡された。そのうち一割五分くらい、先に取って、下請《う》けに渡す。その下請けはそこから二割くらい上前をはねて、そのまた下請けに渡す。当然その下請けの下請けも二割くらいとる。だから当時、土工、鳶の馴《な》れた者が十三匁《もんめ》、並人足は十二匁、手伝人足は十匁となっているが、はたしてそれだけ、手に入ったかどうかはわからない。

その頃になると、鉄道に関わりを持ついろんな人が村に入りこんで来る。

鉄道工事の見物人も多かったが、それに紛《まぎ》れて、浪人が変装して、鉄道技師を狙っているという噂もあった。それほど物騒でなくても、かなり怪しげなのもうろうろしていた。

その男もその口であった。

「ろくいむ」には夕刻、灯の入る頃、つまり村人たちがちょっと寄っていく頃だが、必ず現れて、黙って酒一本飲んでいく男があった。小柄だが、どこかいなせ。気になるのは細い目が何かのはずみにきらっと光る。

「なんだね、やつは。」

「ただもんじゃねえな。密偵じゃねえのか。鉄道の悪口いったもんを帳面につけてまわってんのよ。」

「おらっち鉄道のうわさをさかなに酒やってんだぞ。つるかめつるかめ。」

ある日、その正体がわかった。人寄せで鉄道の人足集めだった。「ろくいむ」にくるのも、そこが村人の集まる場所というので様子を見に来ていたらしい。

「人足がほしいんだがよ。町場にゃ馴れたもんがいるけどよ。ここまで連れて来るんじゃ、足代もかかる。泊まらせなきゃなんねえ。だからさ、村うちの工事はこの村でってことだ。」

「へえ、じゃ、おまえさんは横浜から来なすったんで？」

「横浜？」

「鉄道のお係りの手配師で？」

「い、いや。そのう……ま、そうだ。」

と、その返事は怪しかった。かといって、半鐘兼の身内でもなさそうだ。

「この辺のもんは、鉄道のお係りが集めなすったもんね。」

村には横浜に登録に行き、呼び出しを待っている者がいた。六右衛門の知ってるだけでも、八郎太、惣三、栄造、そして息子の半次だった。田のなくなった連中で、収入を考えなくてはならなかったからだ。

「まだ、人夫の頭数《あたまかず》はそろわないんで？」

「まあな。こんな大仕事にゃ、いっくらでも人手はいる。」

実はその男は大井（現東京都大田区）の手配師十平次《じゅうへいじ》といい、築地の尾張屋吉兵衛の子分であった。十平次はかみそりの異名があり、やり手で、土建業尾張屋にとっては重宝だが、時々やりすぎ、相手をけがさせても仕事を取って来るそうだ。

「そんなやつが、入ってくるんじゃあな。このせめえとこによ直接おかみにやとわれた人夫。半鐘兼の手下。そこへ大井から十平次が送りこんで来るやつ。こりゃあやっかいなことになんぞ。おらあ、知らねえぞ。」

六右衛門は気が気でなかった。

蒸気車の通る道は、普通の道普請とは違っていた。何分にも重い鉄のレールを敷かなくてはならないし、その上を鉄の重い蒸気車が何台も客車を引っぱって通るわけだから。

少し高い所は切り取って、その土は低い所に土盛りをした。斜面を削る時、狐の穴が四十くらい並んでいたそうだ。汽車が通ってから、この狐たちが汽車の真似をしてレールを走り、だいぶひき殺されたという話も残っている。

さて田は泥深い沼のようなもので、まずしっかり基礎づくりがいった。松の太い材木を何本も埋めこむのだが、それには真棒といって、径《さしわたし》一尺からの樫《かし》の木を八角に面を取り、底に帯金をつけたものに縄を結びつけ、それを高い櫓《やぐら》に取りつける。

何人かが縄を引っぱって、すとんと落とし、松材を打ちこむこの工具をタコといった。足(縄)が何本もあって、タコの形をしているからであった。

鳶の頭は中々いい喉《のど》をしていて、木遣《きやり》歌で縄を引く合図をする。

「鶴見の里にも　エーンヤ　コーラ」

するとみんながエーンヤ　コーラと縄を引いて落とす。

「鶴見の里にも
名所はござる
金波　銀波の
初日の出」

歌は初めのうちこそ、ちゃんとした木遣だが、そのうち持ち歌がなくなると、即興でいい加減なものになった。

「腹がへったよ　エーンヤ　コーラ
まんじゅうもってこい　エーンヤ　コーラ」

終《しま》いには監督の悪口も出た。
そこに土や、割栗石《わりぐりいし》を運びこむ。このモッコの行列はまるでアリのようであった。
土を押さえるのは、手の二本ついた小形のタコで、ふたり向き合って、地面を叩いた。
ここまでは日本の土工たちの仕事だが、そこからはイギリスから来た線路敷設工がやった。
鶴見区をやった監督はベーレム、線路工はジョン・スミスといった。
ベーレムは手際もよく、工事もうまい。その分中々やかましかった。英語で工夫たちに指図するのだが、いちいち通訳がついていないこともある。手真似だから、見当の違うことだってあった。するとベーレムは怒鳴り出す。
いわれた通りにしているはずなのに、「ワンス・モア……、ワンス・モア」と、何度もやり直しをさせられると頭にくる。
タコで地ならしをしていた鳶たちは、すかさず
「かわいそうだよ　エーンヤ　コーラ
異人にけられて　エーンヤ　コーラ
きけば、いわれは　エーンヤ　コーラ
ないそうだ。そらっ　エーンヤ　コーラ」

レールは横浜の港に着いた。Hを寝かした形、日本の字では工で、上がすり減ったら、ひっくり返して使える。

線路工のスミスは大柄で力持ち。重いレールをひょいと担いでしまう。日本の人夫たちは肩から肩へと渡し、何人もで運んだ。下に下ろすと、重くて持ち上げるのが大変であった。スミスは愛嬌《あいきょう》もあって、片言《かたこと》の日本語を覚えて、人夫たちも打ち解けた。ただ、この人は酒が好きで、飲むと人が変った。

線路を置く路面は、さらに小高く盛り上げる。水はけの傾斜もつけ、両側に犬走りをとる。犬走りというのは、築地の外側に溝を作るが、その間の細い隙間をいった。鉄道の敷地は十六間（約四メートル）である。

さて、そのレールを支えるのが枕木である。これは鉄製のものをイギリスに注文してあった。ところがモレルは、

「日本には木材がたくさんあるではないか。それを使いましょう。費用もぐっと安くつくでしょう。」

といった。

レールの下に敷く枕木のことを、英語ではスリーパーといった。これは「眠り」ということで、眠るには枕がいる。日本の場合、モレルの進言で木を使ったから、それなら枕木だと

いうことになった。この枕木には松が使われた。

工事現場は順調に進んでいるように見えた。土運びの掛け声も、タコつきの歌もだんだん調子が出てくる。

時々人夫がへまをやって、ベーレムに怒鳴られる。それもみんな馴れて、ふり返らなくなった。

ところが人夫同士の小競《ぜ》り合いが起こるようになった。どうも大井の十平次の人夫が、横浜から来た人夫たちをいじめたり、工具を隠したりする。

半鐘兼の人夫たちも見て見ぬふりをするが、十平次の人夫に対してはあまりいい感情を持っていない。

「六郷からあっちだけ仕切りゃいいんだ。よそのシマ（縄張り）に入《へえ》ってきやがって。」

鶴見の人足たちは通いだが、川っぷちにできた飯場《はんば》には、十平次の人足、半鐘兼の人足、横浜組も一緒に寝泊りしていた。

三十畳敷きぐらいの大部屋で、片方にふとんが積んであり、寝たい時には勝手に敷く。食事は土間で、食べたい時に食べる。おかずは皿に盛りつけてあるのが棚に並んでいた。それを銘々《めいめい》が取る。

十平次の人足と、半鐘兼の連中は毎晩博打《ばくち》をした。横浜組や鶴見組を引っぱりこんで、給金を取りあげる魂胆《こんたん》だが、そうそうは引っかからない。それをしつこく誘いこむのであった。がまんできなくなった栄造は思わず怒鳴った。

「ここはおらっちの田んぼだ。鉄道の御用でとりあげられちまってよう、家のもんはおらのかせぎでくってんだ。おめぇさんがたのように気楽じゃねえ。」

「何っ。」

十平次の人足がさっと気色ばんで、ふところに手を入れた。合《あ》い口を隠していたのだ。監督はどすを利《き》かせた声で沈めるのだが、むしろ「やれやれ」と、煽《あお》っているとしか思えない。こんな具合で、現場もとげとげしてくる。

「やい、てめえ、おらの工具、さわったな。」

「なんでえ、なんでえ。そいつが工具かよ。笑わせんじゃねえ。そいつはくゝわってんだ。」

すると、イギリス人の監督、ベーレムが大声で割りこんでいった。

「アンタ　ニッポン。アンタモ　ニッポン。」

日本人同士、何で争うのかというつもりらしいが、その拙《つたな》い日本語は迫力があった。人足たちは気を抜かれ、闘志をなくしてしまった。それで、その場は収まった。

ある晩、大井村の十平次がジョン・スミスを連れて、「ろくいむ」にやって来た。「ミスター・スミスは日本酒が好きだそうだ。今夜は思う存分のましてやりたいんで頼む。」

スミスは中々陽気な酒であった。人見知りもしないおけいが愛想良くいった。

「ミスター・スミス。お一つ、どうぞ。」

スミスはそのお酌が気に入り、

「オヒトツ、ワンスモア、オヒトツ。」

と、たちまち徳利《とっくり》が並んでしまった。

ところが、つき出しの方は、空豆を出しても、茄子《なす》の漬けものを出しても、ちっとも喜んでくれない。

「何か、食べたい、もの、ありますか。」

おけいが青い目をのぞくと、突然スミスは四つんばいになり指を耳の脇に立てた。

おけいは悲鳴をあげて、調理場に駆けこんでしまった。

「牛のまねだ。四つ足が食いてえって、なぞだよ。」

六右衛門が笑いながら、おけいにいった。実はその通りで、スミスの宿舎は鶴見ではなく、川崎にあった。大きな旅館だが、食べるものはにぎり飯に味噌汁、たくあん。それに鯵《あじ》の干《ひ》ものがついた。

何ともがまんできないのが、その生臭《なまぐさ》い匂いのアジの干ものであった。牛乳が飲みたい。牛肉が食べたい。

六右衛門は暖簾《のれん》をはねあげていった。

「ミスター・スミス。いま、うちに　牛　ない。あした　ね、あした　きて、ください。」

六右衛門は横浜の居留地にいって、買って来ようと思ったのである。それよりも、六右衛門には気がかりなことがあった。それは、どうも十平次がスミスに取り入っているふうに見えることだ。

「何かある。何をたくらんでやがるんだ。奴は……。」

常連の鍛冶屋に、木挽きたちも、そこに気がついていた。

「なあ、とっつぁんよう、どうもあのスミスってやろは、酒癖悪《わり》いんじゃねえか。工事場でも酒のんで、人夫たちにからむんだとよ。」

「ああ、酒のむと人が変る癖はあんな。大井のも、それがわかっててのませてんだ。」

「きんのうも、一番若いのをなぐったってよ。あの馬鹿力でなぐられて、若いのは一、二間ふっとんだとよ。」

「若いのって……、それ、半ちゃんだ。」

おけいが青くなった。


次の夕方、その半次が「ろくいむ」の前を通りかかったのを、提灯《ちょうちん》に火を入れていたおけいが見つけた。

「あれ、これからまた仕事かい。」

「うん、工事がおくれてるってんで、尻たたかれてんだ。夜明けまでだろうな、きょうも。」

「半ちゃん、スミスがなぐったんだって？」

「…………」

「一、二間ふっとんだって？　けがなかったのかい。隠さなくたって、わかってんだよ。大勢見てたっていうもの。誰もかばってくんなかったのかい？」

「…………」

何が原因で殴られたりしたのか、あるいは訳《わけ》なんかないのに、手近《ぢ》かにいたばかりにやられたんだろうか。

「半ちゃん、気をつけるんだよ。近よっちゃだめだよ。」

「うん。」

実は半次は、仕事の呼び出しで現場に行くのではなかった。十平次の人夫と、半鐘兼の人夫の果たし合いで、半次も駆り出されたのであった。

それをいうと、おけいのことだ。かっとなって、半次は「ろくいむ」の店に引きずりこまれ、出してもらえなかったろう。行かなければ、あした、仕事から外される。

半次が夕闇の霧の中に消えたあと、今度は嫌に肩をいからせて、顔をこわばらせた人足がふたり通った。半鐘兼の手下で、子安《こやす》辺で喧嘩ばかりしている札《ふだ》つきである。いつもの仕事着だけれど、その下にきっちりさらしを巻いているのが、ちらっと見えた。持っているのはただの棒ではない。仕込み杖《づえ》だ。

「けんか仕度だよ、おとっつぁん。変だよ。」

おけいは、店にいる六右衛門にいった。

「何かあるよ。今、半ちゃんも現場にいったけど。大丈夫かねえ。まきこまれちゃうよう。」

「よし、行ってみる。半次がいたら連れてくる。」

「あたいもいく。」

「およしよ、おけい。」

おっかさんが悲鳴をあげた頃には、ふたりとももう飛び出していた。

飯場《はんば》の裏は、葦《あし》の生えている川原であった。月の出前で、おまけに霧のせいで、不気味に静まり返っていた。半鐘兼組と十平次組が喧嘩をするなんて、出まかせじゃないかと、一瞬おけいは思った。

突然、葦ががさっと鳴った。ひときわ図体の大きいのが立ちあがった。

「スミスだよ、あきれた。」

それをきっかけに、怒鳴り合いがはじまった。両方とも喧嘩馴れしていて、自分からは飛び出していかない。口汚く罵《ののし》るだけ。その悪口に、かっとなって飛び出すのを待っている。

川明かりできらっと刀がひらめくので、うっかり止めにも入れなかった。

誰が知らせたのか、後ろが騒がしくなり、名主初め村役たち、それから鉄道係の役人が駆けつけて来た。

喧嘩は大きくならず収められてしまった。工事が遅れているからだが、人足たちはちゃんと結着がつけられないままお互いにくすぶりながら、現場は忙しかった。

ある日、その不満も吹っ飛ぶようなことが起こった。

突然地鳴りがしてきた。まだボルトの締めてない枕木がはねて、取りついていた工夫が悲鳴をあげた。

レールがびりびり震え出し、おいただけの枕木はがたんと揺れ、小石を飛ばした。

「あわわわ……」

工夫のひとりが目をむいて、子安の方角を指さした。何とまっ黒い大きな怪物が、煙を吐いてやってくる。蒸気車であった。

実は蒸気車はイギリスから横浜に十台着いていた。そのうちの一台が整備され、組み立てられて、トロッコ二台ひいてやって来たのである。盛土用の砂が入っていた。つまり蒸気車も工事の手伝いをさせられたわけである。

蒸気車は線路が敷かれているぎりぎりのところで、白い息をふーっと吐いてとまった。こういうのを「時の氏神《うじがみ》」というのだろうか。おかげで喧嘩どころではなくなった。士気は大いにあがり、工事現場の活気は一度に盛りあがった。

さて、一方で喧嘩の調査は厳しく進められていた。
半鐘兼も十平次も
「ジョン・スミスが乱暴して人足をなぐったのがもとで……」
と申し立てたが、よく調べてみると、そもそもは十平次が策動し、請負業の利権をひとり占めしようとしたことがばれた。

スミスは大した処分はなかった。もっともベーレムは契約が終っても引き止められたが、スミスの方は契約ぎりぎりで解雇され、イギリスに帰された。

明治五年（一八七二）九月十二日。

鶴見は朝から花火がたて続けにあがった。鉄道の開通式であった。本当は三日前の九日の予定だったが、暴風雨になり延期されたのである。

「おけいちゃんよ、ステン所《しょ》見たけ？　植木屋がかざりつけやってんぞ。」

鍛冶屋の主人源太郎であった。駅は、入口を菊の花のアーチで飾り、花綱が張りめぐらせてあると、早口でいうと、また駆け出していった。

とてもじっとしていられない。おけいは箒《ほうき》を土間に投げこむと駆け出した。

「屋根屋のやつ、横浜のステン所を見にいったぞ。祝い事の時にはイギリスじゃ、万国旗てえのを張りまわすんだとよ。軍艦から借りてきたけど、足んねえもんで泥のついてる測量の旗までぶるさげてんだとよ。」

飾りつけは駅だけではなかった。沿道には杉の葉を巻きつけた柱が五、六間おきに立ち、提灯のさがった網が張られていた。これは横浜に来ていた造園家のスメドリーのデザインだそうだが、このポールは後々、運動会の入場門などに使われた。

鶴見橋の袂《たもと》の茶屋の前には赤飯の折が積みあげられた。これは鶴見村の家々に配られることになっていた。三日前もお祝いの赤飯が出たのだが、それがもう一度というので、村じゅう沸くわけだ。新橋、横浜間の沿道の家々に政府の配った赤飯の折の数は一万ということであった。

ところで、工事の立役者、監督のモレルはこの盛儀を見ることができなかった。ちょうど一年前、明治四年の九月に病死していた。肺結核がひどくなり、休暇をとって療養に出かけようとするところだったという。

鶴見赤ナス 金太ナス

「鶴見　赤ナス　金太《きんた》ナス。」

は、隣の潮田《うしおだ》村の子どもが、鶴見の子へ向かっていう悪口。それに対して、鶴見の子は、

「ゲェロンボ」といい返した。

「ゲェロンボ」は、カエルのことである。潮田は鶴見川の河口《かこう》の浜の村だから低い。カエルがおしっこしても水がつく。

ところで、その金太というのは鶴見に本当にいた人で、赤ナス（トマト）を作った。

金太はもともと子安《こやす》の人間で、鶴見の重兵衛のところへ婿《むこ》養子に来た。重兵衛には、千代と多衣の娘ばかりであったから、金太を呼んで、跡を継がせようとした。金太の実家も、同じくらいの田を持ち、誰の目にもつり合いのとれた縁であった。

重兵衛は、鶴見一の一刻者《いっこくもの》で、村の衆がまだ骨休めしている松の内から、氷の張っている田んぼに降りていって、苗代《なえしろ》仕度をはじめたり、畦《あぜ》作り、代《しろ》かきなどにかかった。とにかく人より先へ、先へとやらなくては気が済まなかった。

そんなだから、若い者のすることが気になってしょうがない。それが自分の婿となると、要求はぐっと厳しくなる。

金太にしても、子安の若者宿では頭株《かしら》で、村の道を率先して直したり、畠を改良して瓜《うり》を作り、手わけしてふり売りして儲《もう》けた。金太にはそういう才覚がある。

重兵衛はそんなのは認めない。地道にこつこつ働くことがまっとうだと思っている。何とも業《ごう》が深いことだが、ついつい小言も出てくる。

朝からしてそうだった。

重兵衛がわざとがたびし、雨戸を開けていても、金太は起きて来て手伝うじゃなし………、

「いつまで寝てる気だ。あきれけえったもんだよ、まったく。」

と、腹が立ってしょうがなかった。

重兵衛は暗いうちから起き出し、田んぼの水口を見てまわり、畠をひとにらみ、ついでに草を抜き、味噌汁の実にと、大根を一本抜き……というふうにひと仕事してきているから、機嫌が悪くなるのも、もっともかもしれなかった。

「あれ、あんた、さっき起きてたのに、また眠りこんで。すぐ怠けるんだから。」

千代もおとっつぁんの手前があるから、わざと荒い声を出して、金太を揺すぶった。金太だってやりきれない。

「やい、怠けるとはどういう意味だ。」

　金太は小言や嫌味をいわれたりする分だけ、千代にあたっていじめ返した。本当はこういう質《たち》ではなかったはずなのに。

「のぞまれて、おいら、この家へ来たのによ。田仕事もおらの手順でやってくれといったんだぜ。見ると聞くじゃ大ちげえだ。おめえのおとっつぁんてえ人は、婿がほしかったんじゃねえ。作男《さくおとこ》だべ。」

「そんなことあるもんか。おまえさまを頼りにしてるのに、おまえさまが何もしないんじゃないか。」

「おらの考えをいう隙《すき》もねえのは、知ってんべ。おら働き場所ねえだ。ああ、いやだ、いやだ。」

「今にわかってくれるよ。あたいもおとっつぁんに、折りを見てよっくいうから。」

「早《はえ》えうちに一切ゆずるという約束で、おらこの家へ来ただ。ふん、身上渡《しんしょう》すなんて、おめえのおやじは思っちゃいねぇ。」

「そんなことあるもんか。そりゃおまえさまのひがみだよう。」

「へん、いるもんか、こんな身上。いつだって追ん出てやる。」

「そんなこといわないでおくれ。」

「けんどいろいろあてこすられちゃ、おら立つ瀬がねえべ。」

千代はおとっつぁんと金太の間で気をもんだ。金太の肩を持って、おとっつぁんに食ってかかることもあるが、重兵衛は余計《よけい》機嫌が悪くなった。

ひと騒動あったあと、千代はおっかさんにこぼした。

「ああ、やりきれないよ。あたいどうしたらいいんだい。おとっつぁんもおとっつぁんさね。むかしはああじゃなかったよ。」

「他人が入るということは、こういうことだよ。」

おっかさんは取り合わなかった。おとっつぁんと一緒になって、金太をなじったりもしなかったが、かといって、金太になぐさめの言葉をかけるでもなかった。

その金太にも味方はあった。妹の多衣である。一所懸命やってるのに、いちいち食い違って、損をしている、要領の悪い義兄を見ると、多衣は気の毒でたまらない。

おとっつぁんの小言がはじまると、耳をふさぎたくなるような顔で、じっと体を固くしていた。そして、「ごめんなさい」とわびるような目で、金太を見るのであった。

多衣はまだ子どもで、家の中でも一人前に扱われていなかったし、金太にしても、頼りない味方であった。しかし、多衣だけはわかってると思うから、金太も胸をさすってがまんもできるのであった。

偶然、田の草取りをしていて、多衣と金太だけになったことがあった。

「おいら、やりてぇことがあんだ。」

「まあ、なんですか、義兄《あに》さん。」

「あっこの陸稲《おかぼ》の畠さね、あんまりとれねぇんじゃねぇかね。」

「もち米植えて、盆正月に餅にしてます。」

「売る分は出ねぇな。」

「そうですね。」

「おいらの子安の家の辺も、ここと地続きで、砂まじりのほかほか土で、春一番が吹きゃあ、黄塵万丈《こうじんばんじょう》。おまけに塩っ気があんから、稲には合わねえ。この土は野菜に向いてるだ。」

多衣もそうかもしれないと思った。でも、おとっつぁんはここに野菜を植えるとはいわないだろう。義兄さんがいい出したら、余計意地になる。それは目に見えるようだと、多衣は胸がつぶれた。

義兄さんは、たぶん子安でやっていたように、ここでもやりたいんだろう。やらせてあげたい。ごめんね、義兄さん。あたいは何もいってあげられない。

多衣はそれを口に出していわない。でも金太にはわかった。

自分でも気がつかなかったことだが、金太の胸の中に、多衣の影が住むようになっていた。

金太が突然、畠から帰って来て、多衣がうちの中で縫《ぬ》いものをしているのを見ると、やっと心が落ち着き、また畠に出ていくこともあった。もちろん、そんな金太のそぶりを多衣は気がつかない。おっかさんも千代も知らなかった。もし見咎《とが》めても、用のないのに、仕事を放ったらかして、ふらっと帰るとは困ったもんだよ。おとっつぁんに見つかんなきゃいいがと、はらはらするくらいだったろう。

「お多衣ちゃん、おいら使いに行ったら、先様で桃をむらったよう。お多衣ちゃんにやりてえと思って、食わずに来ただ。食え、うめえぞ。」

井戸で洗いものをしていた多衣に、金太がいった。びっくりしてふり仰ぐと、金太が笑っていた。この人、笑うこともあるんだと、多衣は思った。

桃を食べないで持ってきたといわれても、多衣は特別に考えなかった。おとっつぁんだって、よそでお茶請《う》けに出たようかんを持って帰ったことがあったもの。一応、懐紙にくるんで来たんだろうが、袂《たもと》中で紙がむけ、埃《ほこり》がまぶさって白くなっていた。そのようかんを食べてやると、おとっつぁんはうれしそうにしたもの。

「さ、ねえちゃんに見つかんねえうちに、早く食えや。」

金太はいった。ふところであったたまった、生温《なまぬる》い桃を見てる前で食えといわれても困る。もっと困ったのは、ねえちゃんの来ないうちに食えといわれたことである。どうしてねえちゃんに隠さなきゃいけないのか……。

こういうことがもう一度あった。多衣はおっかさんに頼まれて、染めに出してある糸を取りに行った。

紺屋《こうや》の店には、顔見知りの娘が二、三人、縞帳《しまちょう》を繰《く》って、柄《がら》選びをしていた。

「あれ、お多衣ちゃんじゃないか。ねえ、見ておくれ。この縞どう?」

「こっちの方がいいよ、ね、お多衣ちゃん。」

つりこまれて、あれがいい、これがいいといっているうちについ、遅くなってしまった。

少し急ぎ足で、坂道をあがって来た時であった。

「やあ、お多衣ちゃん、だいぶ手間どったじゃねえか。」

松の木の蔭から出てきたのは、金太であった。

「あれ、義兄《あに》さんもお使いでしたか?」

「いんや、お多衣ちゃんを迎えに来たのさ。」

多衣はおっかさんに頼まれたんだろうと思った。あたりが少し暗くなりかけていたから、若い娘を気づかって……。おっかさんてば、いつも子ども扱いなんだから。

ところが家に近づくと、金太はすっと多衣から離れ、先に帰れというように、あごをしゃくって合図した。初めて多衣は、金太がおっかさんに頼まれたのではないことに気がついた。

このところ、金太も田仕事に身を入れて、重兵衛もいらいらしなくなった。だが、平和は長く続かない。

ある日、重兵衛の怒鳴り声が聞こえた。金太がナス床《どこ》に、訳《わけ》のわからない種を播《ま》いたというのである。

春、ナスやキュウリの種は、ナス床に播き、苗が伸びてから畠に移す。それを金太に任せたところ、どうも苗が違う。

双葉のうちはどれも同じナス科のそれだが、本葉になると、切りこみのあるのが出てきた。

「なんだ、この苗は」

「ナスだよ、おとっつぁん。」

「おめえ、どんなナスまいた。」

するとと金太はちぃっと口ごもってから、早口でいった。

「西洋ナス。」

「なんだ?」

「子安じゃ今、アカナスを植えるのがはやってるだ。植えてる所がまだ少いんで、できたはしから買ってもらえるだ。」

「おめえ、そいつをどこに植える気だ。」

「裏の畠もらうだ。」

「陸稲《おかぼ》うわってんべ。日当たりいい、うちで一番の畠だ。」

「もうけが大きいから、作らせてくだせえ。」

「おら、おめえの、そのもうけ、もうけってぇ了見が気にいらねえ。」

金太の実家のある子安では、西洋野菜の栽培が盛んになりかけていた。横浜の居留地（当時、そこを屋敷といっていた）にいる外国人は野菜の入手に困っていた。生ものだから、船で運べない。

初めは自分の庭に植えて、自給自足していたが、とても間に合わない。

まず幕府の外国奉行が、居留地の周りの農家に作らせた。畠が決められ、耕やされると、そこに番小屋ができ、西洋人の技師たちが指導にやって来た。日本人の農夫が雇われ、作業をしたが、言葉が通じない。身ぶり手真似だったそうだ。

試植されたのは、イチゴ、レイシ、西洋まめ（ふじ豆）、エンドウ、セロリ、キャベツ、ビート、アカカブ（二十日大根）、ニンジン、ジャガイモ、ヘチマ、メキャベツ、トマトなど。

子安でも、先を見通すことのできた堤春吉《つつみはるきち》が、西洋野菜に目をつけた。キャベツ、イチゴ、が記録に残っている。

子安の人たちは初めて見るキャベツに目を見張ったそうだ。葉が重なって丸まっていくのが不思議だったのだ。キャベツは一個が一朱で売れた。西洋野菜を食べる村人はいなかったらしいが、イチゴは人気があり、一粒百文《もん》という記録もある。堤春吉はアカナスも植えた。外国船に出入りしている春吉の兄が、アカナスの種をもらって来て、春吉に与えた。金太が鶴見の畠に植えたアカナスも、子安から入手してきたが、堤春吉からでなく、森野という人かららしい。つまり子安ではいろんな人が西洋野菜を植えはじめていたのである。どういう訳《わけ》か、あんなに騒いだ重兵衛が金太のアカナス作りを認め、文句をいわなくなった。

子安でのアカナスの売行きの良さに黙らざるを得なかったのだろうか。実は鶴見にもアカナスを植えた先覚者がいて、その人が説得したのかもしれない。その人とは小松原兵左衛門で文久三年(一八六三)に、すでに試植していた。

「重兵衛さんよ、おまえさんのように、いちいちくだくだいってると、せっかく来た婿殿がおん出ていくぞ。一度そんな騒ぎになって見ろ。あそこは舅《しゅうと》がうるさいと、後がまが来ねえぞ。畠の一枚や二枚、自由に使わせてやれ。」

アカナスの主根が伸び、葉を拡げた。全体細かい毛で被《おお》われていて、それがまるで、粒子の細かい澱粉《でんぷん》をまぶした練切《ねりきり》菓子の肌のようであった。

ただ、匂いが強かった。重兵衛も、珍らしいものを見物に来た連中も、その匂いに辟易《へきえき》した。

「こんなあくの強そうなもん植えて、土が荒れちまわないか。」

やがて黄色い星形の花が、次々咲いた。その花が三日ほどで落ちると、青い実がふくらみはじめた。センナリホウズキのようで、姿は良かった。

その実が赤くなった。その赤さは異様で、またまた村の連中は噂をした。

「アカナスを食べると、西洋人のように髪が赤くなるだよ。」

「それどこかよう。気違いになるっつうだぞ。」

そんなある日、多衣が突然、どこでもいいから奉公に出たいといい出して、重兵衛初め、家族を驚かした。

もともと重兵衛は娘を外に出すことには賛成でなかった。

殊《こと》に今、世の中は騒然としている。

慶応四年（一八六八）八月、江戸は東京《とうけい》と名を変え、元号も九月に明治となった。

将軍家も瓦解《がかい》し、武家も廃止、お国入り、帰農、帰商でごった返していた。鶴見は江戸や横浜に近いだけに、御一新《ごいっしん》騒ぎはいつも目にしていた。

「奉公ったって、お屋敷なんてあるもんか。」

「そんなことないよ、おとっつぁん。かよちゃんは芝に行ってるし、きみちゃんは京橋の小《こ》間《ま》物のお店に行ってるよ。」

「とにかく江戸は危ねえ。東京だなんて改名しやがって、うさんくせえ。」

重兵衛はだめだ、だめだの一点張りだったが、多衣も引っこまなかった。

たまたま、村人の口から、日本橋小舟町の海産物の問屋で下働きの娘を欲しがっていると いうのを、多衣は聞いてきた。

「武家は大騒ぎかもしんないけど、商家はびくともしてないって。ますます繁盛だって。ねえ、おとっつぁん。いいでしょう。」

重兵衛は家族に内緒《ないしょ》で、そのお店《たな》を見に行った。武家屋敷の多い辺は引っ越し騒ぎでごった返していた。すでに空屋もある。屋敷の前に先祖代々の足つき膳、客皿、伊万里の大皿、屏風《びょうぶ》などを並べて売っている所もあった。

しかし大店の並ぶ日本橋は変らない。いつも通り暖簾《のれん》を出して、落ちついたものだ。

重兵衛も、取りあえず安心したというところだろうか。多衣の江戸行きも、うやむやのうちに決まった。

多衣を日本橋に送りだして、重兵衛も少し変ってきた。

家のことを一切、金太にゆずる気になり、暇《ひま》ができた。その暇は夫婦で多衣のことばかり話して過ごした。

「お多衣のところにナシをとどけべえ。多衣の口にも入《へえ》るよう、多目にととのえてかついでいくべえ。」

など口実をこしらえては出かけて行って、元気な多衣の顔を見て満足した。帰りに浅草に廻《まわ》って見物をした。

金太のすることを見ないですんだから、小言も減ったので、金太の方も落ちついた様子だった。金太はゴボウを掘ると、

「おとっつぁん、このゴボウはお多衣ちゃんにとどけたら?」

といった。重兵衛は、婿がようやく細かい心遣《づか》いができるようになったと喜んだ。

「ありがとよ。ついでにおまえさん届けてくれるか。帰りにゃ浅草にまわってくりゃえ。」

ある日、多衣の奉公先から使いが来た。

「お多衣さんはどんな具合でしょう」

変な挨拶だと、おっかさんはきょとんとした。

「いえね、そろそろ元気になる頃だろうってね、迎えに行っておやりと、おかみさんにいいつかってきやしたんで。」

「えっ、な、なんですって？」

おっかさんは思わず、うわずった声を出した。まるで見当がつかなかった。

「お多衣がどうかしたんでしょうか。」

お店で多衣がちょっと具合が悪そうにしてたので、宿さがりして、養生しておいでと帰したというのであった。これには大騒ぎになった。重兵衛も青くなって、使いの男の胸ぐらをつかまんばかりにして、聞いた。

「いつ？　いつのことですかい。」

「こうっと、先月の末でした。十日前ですよ。何の沙汰もねえって、おかみさんも少々気をわるくして……」

といいかけて、使いは口に手を当てた。

「お多衣はどっか悪かったんですかい。」

「顔色悪くて、食もすすまないってんで。医者は別にどっこも悪くないというんで。ま、しばらく寝ててごらんと……。」

「………」

「朋輩《ほうばい》が忙しくしてんのに、寝てもいらんないのか、すぐ起きてくるんで、おかみさんが、いっそ家へ帰った方が休まるって。」

一度も鶴見に帰っていないと聞くと、今度は使いが青くなった。

「そんな馬鹿な。小僧もつけてやろうとおかみさんはいわれたんですが、お多衣ちゃんはひとりで帰れるって。」

先月の末、多衣は送ってくれた朋輩のおしずと、橋のところでわかれた。おしずは欄干《らんかん》に寄りかかって、多衣を見送っていた。別に変ったところは見えなかったと、おしずはいったそうだ。

重兵衛とおっかさんは使いの者と一緒に東京に出かけた。おしずに会って聞くと、おしずは前と同じことをいった。

「神かくしかなあ。」

「まさか。お多衣は十六ですよ。そうやすやす天狗にくっついていくもんかね。」

「そうだなあ。ただ、神かくしに会う人ってえのは、ふだんすこしぼうっとしているっていうけど、お多衣も夢見てるみてえなとこがあったもんで。」

「いえ、お多衣はりはつです。」

おっかさんはいった。

すると、おしずが変なことをいった。

「お多衣ちゃん、心配ごとがあったみたい。あたいが聞いても『べつに』と、わらっていたんだけど。」

「お多衣が心配ごと？」

重兵衛もおっかさんもびっくりした。あの陽気で明るい娘が……。でもふっと不安になった。家を出てからのことはわからない。

「誰かに誘い出されて、かけおちでも？」

おしずは、そんなはずないと打ち消した。

「そんな人がいたら、あたしだってわかりますよ。でも悩んでいたことは本当です。夜うなされてたこともありました。」

一体、何を悩んでいたというのだろう。

重兵衛にもおっかさんにも、見当がつかない。

「ねえ、おしずさん、お多衣はその日、どんななりでしたか。」

「縞《しま》でした。それから昼夜帯です。赤いかのこの。荷物？　風呂敷包みひとつかかえてました。」

ふたりは帰りの道々、そんな格好の娘を見なかったか、品川、大井、鈴が森、川崎……というふうに尋ね、尋ね歩いた。しかし無理であった。十日も前のこと、誰ひとり覚えていなかった。重兵衛もおっかさんも、鶴見に着いても、家へ入る気がしない。

「もう一度、行ってみる。」

おっかさんは、今通って来た東海道を駆け上ったが、無駄であった。ぼんやり帰ってきたおっかさんは、宙を見つめたまま、ぺたんと座っているかと思うと、急に泣き出したりする。

夜も寝られないし、ものも食べない。

「何も口にしないのは、からだに毒だよ。」

千代がしきりに気をもむが、少しもお腹が空《す》かないのであった。何か無理やり口に入れられても、喉《のど》につかえて落ちていかなかった。

「拝み屋をたのんだらどうかね。」

近所の人がいってくれたので、重兵衛夫婦は街道っぱたの巫女《みこ》のところへ出かけていった。巫女は勿体《もったい》をつけて、目をつぶり、何やらくしゃくしゃ唱えたり、突然かっと目を開いたり、全身震え出したりしたあげく、

「十一月の朔《ついたち》、暮六つには帰ってくる」

と、いった。時刻まではっきりいわれると、かえって本気にできない。もちろん、十一月に、多衣は帰ってこなかった。

多衣に何が起こったのだろうか。

実は原因は義兄の金太であった。金太の気持ちが千代より多衣の方に傾いたのを、多衣は気がついていたのだ。

千代は生来のんびりしていて、夫の細かい心の動きなんか知らずにいたのだが……。

東京に出たがったのも、金太から逃れる算段で、それが東京にも金太はやってくる。そこでそこからも逃げ出した。

健気《けなげ》な多衣は、自分が姿を消すことで、姉の幸せを壊すまいとしたのである。たぶんどこかの尼寺に駆けこみ、ひっそり暮らしているに違いない。決して二度と金太と姉の前に姿を見せなかった。


金太のアカナスの方はどうだったろう。その頃鶴見や子安の畠で育ったアカナス（トマト）は、イギリスの赤い小玉の品種だったと思われる。すっぱくて匂いの強いものであった。赤いカキ型の実が三個から五個、房になって重たげに幾つも幾つも下がるのを、近所中が見物には来たが、誰も口に入れようとしなかった。

トマトが一般の食卓にのぼり、「太陽のしずく」などと人気が出たのは、日本人向きの、匂いの少い品種が出たからで、それも昭和も昭和、戦後になってからである。

鶴見の氷事情

一膳めし屋「ろくいむ」は、いつもの常連で賑《にぎ》やかだった。
鍛冶《かじ》屋の源さん
大工の佐吉
木挽《こび》きの又蔵
桶《おけ》屋の伝さん
その晩の話題は「あいすくりん」であった。横浜の馬車道通りに「あいすくりん」の看板が出たのを、大工の佐吉は見てきたというのだ。
佐吉は娘をお茶工場に出していたし、自分もたまには居留地の仕事に雇われたりして、居留地情報はもっぱら佐吉である。
「なんでえ、そのあいすくりんてえのは?」
「ひやっこくて、甘いんだとよ。暑い日なんかこたえられねえんだと。体ん中から涼しくなってよ。」
「するてえと、何かい。市松の庇《ひさし》のっけて、南京玉のすだれのさがった屋台のよ。『しらたま、しらたまぁ』ってもんじゃねえのけ？」

「ま、そういったもんよ。」

砂糖の入った冷水に白玉だんごを浮かした庶民の飲みもので結構人気があった。

「佐吉よう、そのあいすくりんてえの、食ったんけ？」

「食うか。高くて、手が出ねえよ。」

「どんくれえするだ？」

「二分《ぶ》だと」

一分とは一分銀のこと。四枚で一両である。

「ひゃあ。」

木挽きの又蔵が悲鳴をあげた。びっくりするわけだ。木挽きの手間、半月分ではないか。

それもちゃんと仕事があった時のことだ。

「二分たあ法外だ。」

「あいすくりん」の看板は評判になったけれど、客の方はさっぱりだったらしい。

「あいすくりんてえのは、もとは牛乳だとよ。」

「うへっ、牛くせえんだべ？」

「そんなの食やあ、角《つの》が生《は》えんべ。」

「ま、おらっちの口にゃ合わねえな。店に入《へえ》ってくのは外国人ばっか。てえげえのもんはのぞいてるだけ。」

佐吉は一日見ていたといった。

「おめえも物好きだなあ。」

桶屋の伝さんがいった。

「ああ、物好きじゃなきゃ大工職はつとまんねえよ。」

訳《わけ》のわからない受け答えが、佐吉の特徴だったが、このところ「ろくいむ」で主役を張れるので、気分がいい。

日本で最初にアイスクリームを食べたのが、馬車道通りに店を出した町田房造《まちだふさぞう》ということになっている。

日米通商条約のため、アメリカに行ったのはポーハタン号。その護衛が咸臨丸《かんりんまる》で、お伴《とも》の方が有名になったのは、その乗組んだ人たちのせいだ。軍艦奉行が木村摂津守、従者に福沢諭吉、勝麟太郎、通訳がジョン万次郎で、町田房造も一行の中のひとりであった。

外国は初めての連中だから、珍道中を繰り広げたことが伝えられている。音の出るシャンパンにびっくりしたり、じゅうたんでは靴を脱いであがったり、福沢諭吉でさえ、マッチのすり方を知らなかったなどなど。

この連中がデザートに出たアイスクリームにびっくりした。

柳川当清《まさきよ》の航海日誌には、こう出ている。

「三月二十四日、

又、珍しきものあり。氷を色々に染め、物の形を作り、是《これ》を出す。味は至って甘く、口中に入るるに忽《たちま》ち溶けて、誠に美味なり。之《これ》を『あいすくりん』という。」

柳川当清はコックだか料理長だかに作り方を聞いている。日記に書く為だろう。町田房造も聞いて廻《まわ》った。これはアイスクリームを商売にしたら、必ず当たるだろうと思ったから。

「氷を湯にいれてやわらかくなし、その後物の形に入れて、又氷の間に入れておくときは、氷のごとくなるという。尤《もっと》も右の氷をとかしたる時、なま玉子を入れざれば再び凍らずという。」

もっともこの説明でわかったのか、どうか。一説には町田房造にアイスクリームの製法を教えたのは出島松蔵《でじままつぞう》だといわれていた。出島は北海道開拓使御用掛《ごようがか》りの農業試験場の技師であった。どうもこっちの方が、日本語で聞いたろうから理解できたのではないか。

「原料は牛乳、砂糖、卵（これは現在と変らない）。茶筒くらいの缶に卵一、砂糖大さじ二、牛乳カップ一を入れ、それを米櫃《びつ》くらいの大きさの缶に、氷、塩少々を入れて、ここに茶筒を入れ、左に右にくるくる回す。一時間半から二時間、手の感覚もなくなる頃、ミルクセーキのようなものができる。」

今は機械で丁寧にかき回すけど、一時間半から二時間も冷えた茶筒をくるくるさせるのは大変だったろう。

「あいすくりん」の店のあった所には、アイスクリーム発祥の地を記念して、今「太陽の母子像」が建っている。そして町田房造が店開きした日、五月九日は「アイスクリームの日」と決まった。

その翌年、明治三年（一八七〇）四月十一日、伊勢神宮を野毛山《のげやま》に遷座し、大祭をした時、町田房蔵は氷水屋を出した。

太陽暦だと五月十四日に当たり、初夏の陽気、氷水は飛ぶように売れたらしい。コップ一杯が八文《もん》であった。それがどんなものだったか。ぶっかきの氷を浮かべた水か、氷を鉋《かんな》で削り、雪のようにして、砂糖水をかけたものなのか……。

「これが『ろくいむ』のあいすくりん。」

六右衛門は井戸で冷やしたまくわうりをむいて出した。

「ひやあ、こいつが一番。」

みんな、満足して帰っていった。

「あいすくりんは馬車道通りばっかじゃねえよ。もう一軒あった。居留地の真ん中だけど、そこは『アイスクリーム・サロン』てえ名だ。」

佐吉は得意になって、次の晩もやって来た。

「そこのあるじはリズレイってんだがね。もとはといえば軽業《かるわざ》の元締《もとじ》めだあね。外国じゃ大した人気だっていうぜ。だから居留地じゃリズレイ先生っていわれてら。もうけてひと旗あげに来たんじゃねえかという人もいらあね。」

そのリズレイについては、書き出すときりがないくらい逸話も多いが、評判（良くない方）も、これまた多い。

リズレイがサーカスに見切りをつけて、牛乳屋をはじめた。居留地に牧場を作り、牛乳を搾《しぼ》ることからはじめたというから、凝《こ》り性なのかもしれない。その牛乳でアイスクリームをこしらえた。

「あいすくりんを作るには氷がいらあね。リズレイ先生は天津（中国東北部、現審陽）からとりよせたんだと。」

「へえ。」

ある横浜のホテルでは氷をボストン（アメリカ東海岸）に注文した。氷は大西洋を渡り、喜望峰を廻《まわ》って印度洋に出、横浜まで六ケ月もかかった。殆んど溶けていて、芯の所だけビール箱一個位のかたまりが三両についた。

「ま、天津はボストンよか近いわね。」

聞いてる連中も、いっている本人も、ボストンも天津もどこにあるか見当もつかない。

「佐吉っつぁんよう、居留地の通《つう》じゃねえか。」

桶屋の伝さんがつっこむ。

「ああ、仕事なんかほっぽってお勉強よ。」

「居留地博士か。」

「まあな、えへへへ。」

佐吉にはさっぱり堪《こた》えてない。

これも佐吉情報だが、リズレイ先生は氷の買いつけに、天津へ出かけて行ったそうだ。その留守の間に、事業の方はうまく行かなくなった。牧場も人手に渡り、アイスクリーム・サロンも廃業。店は競売になった。

「氷商《あきな》いてえのは、やっぱ水ものだ。」


問題はその氷である。

現代は氷はいつでも手に入る。冷蔵庫を開ければ、氷はちゃんとできている。ほんの五、六十年前、電気冷蔵庫などなかった。氷屋がおがくずまみれの氷を鋸《のこぎり》でしゃかしゃか切って、一貫目《かんめ》いくらで売っていた。それを冷蔵庫の上の段に入れた。その氷は天然のものでなく、機械で作ったものである。

明治の初め、事情は全く違っていた。天然の氷さえ、庶民は手に入らなかった。

そこに目をつけた人がいた。

中川嘉兵衛《かへえ》という人だが、横浜が開港になった時、立身するなら横浜だと出て来て、まず英国大使館のコックになった。

そこで氷の使われ方にびっくり。

居留地の外国人は新鮮な食料、野菜でも肉でも、みな冷蔵庫に入れる。医薬用にも氷は必需品であった。

「それにしても、ボストンだ、天津だでは輸送費が馬鹿にならない。もうけの大半はそれでなくなる。」

それで日本の国内で、氷のできそうな所を見て回った。

まず富士のふもと。そこに小さな池をたくさん掘った。さすが富士の水は霊水といわれるだけあって、質がいい。その氷もみごと、水晶のように美しかった。

それを氷室《ひむろ》に入れて、夏六月頃、富士川を船で下り、河口の港から帆船で横浜に持って来たが、その夏は特別暑く、氷はすっかり溶けていた。

次の年は諏訪湖に目をつけた。その氷を天竜川で運び出そうとしたが、うまく行かず、やはり水泡に帰《き》した。

「文は氷、重箱は水ばかり。」

という川柳が出たが、その諷刺《ふうし》であった。しかし中川嘉兵衛はあきらめない。

次は日光。ここも寒い。いい氷ができる。五、六里《り》ほど馬力で運び、川を下《くだ》って、帆船で横浜に着けた。これはうまく行った。氷の売れ行きもよかったのだが、利益はあまりあがらず、元金を割ってしまった。

「輸送に欠陥がある。日本の船は足がのろい。『船賃を倍払うから、いそげやいそげ』とやったけどこの始末。」

というわけで、次の年は青森の氷を外国船を雇って運ばせた。ところがその賃金が高くて、儲《もう》けにはならなかった。

翌年は北海道へ行ってみた。函館五稜郭《ごりょうかく》の濠の氷は良さそうだ。内地と違ってしっかり凍り、持ちも良さそうだ。ところが五稜郭は官軍に占拠されていて、手が出せなかった。

そこで次の年、もう一度出直し、五稜郭の外濠を借り受けた。質のいい氷が六百トン。輸送の方もうまく行って、初めて大成功。この氷は「函館氷」とか「函館竜紋氷」とか評判になった。

その夜、六右衛門の様子がちょっと違った。

「来たな、源さん、伝さん。佐吉に又蔵。そろったな。」

頼みもしないのに、まずウドを拍子木《ひょうしぎ》に切って酢味噌で和《あ》えたのが茶請《う》けに出た。みんなは顔を見合わせた。

「どうかしたのけ？　何かあったのけ？」

「ええと、皆の衆。」

六右衛門は声をうわずらせて、咳《せき》をした。やはりいつもと違う。みんなはウドに出した箸《はし》を止めた。

「ものは相談だがね。ボストンだ、天津だ、函館だっていわず地元で作れないもんかね。そしたらもうけは大きい。」

「あれ、何かと思や……。氷の話け？　こらまた六右衛門、どうしたってわけだ？」

「鶴見で氷こさえたらよ、横浜に近いしよ。実はそこの寺尾道《みち》をあがってよ、子持ち地蔵んとこから諏訪坂に道をとって、もう一丁《ちょう》行くと、さるお屋敷に出る。」

「さるがいるのけ？」

桶屋の伝さんがいった。いつもの癖だが……。

「まあ聞けって。持田様のお屋敷よ。その庭にゃ山から水をひいて、池が作ってあんだけどよ。一、二月はかんかんに凍って三月になんねえと溶けねえんだと。その山の奥にも一つ湧き水があって、その水は量も多い。それで氷ができねえもんかね。資金は持田様にお願いするとしてよ。手間はこの五人でやんべ。氷を作って切り出す冬場と、その氷を売りさばく夏しか用はねえんで、こらいい内職になんべ。売り上げは半分持田様にもってく。あとは五人で山わけでどうだ？」

儲けの山分けと聞くと、四人は乗り出した。

「でもよう、函館とか青森と違って、この辺は冬もぬくいべ。氷できんのかよ。」

慎重派の源さんがいった。

「あのな、とっつぁん。今六右衛門がいったべ。この丘の辺は池の氷がびくともしねえ。谷戸の氷はたしかにかんかんだ。」

明治の頃、神奈川、東京《とうけい》辺は今と違って寒かった。

「そうか、谷戸《やと》ひとつ借り受けて、作って見んべ。来年の夏は左うちわかもしんねえ。」

桶屋がいった。すぐ乗る佐吉もうなずいた。

「やい、又蔵はどうするだ？　返事しろや。うん、いいか。よし、みんなその気になったな。

まず居留地にくわしい佐吉っつぁんよ、誰か氷を知ってる人を誘い出して来な。その人に氷のこと習うべ。」

「へえ、どんな人連れて来りゃいいんだ?」

「『あいすくりん』の番頭なんかどうだ。」

「佐吉っつぁん、でえじょぶかあ。ああ、おめえ、居留地博士だったな。」

「そうよ、まかしてくんねえ。」

この安請《やすう》け合いに、みんなも大して当てにしていなかったけど、佐吉の連れて来た人を見て、驚いた。背の高い、そのせいか、いつも背をかがめている外国人だったからである。

日本語は全くわからないらしいが、佐吉はそこもちゃんと気を配ったのか、鶴見の見張所で通弁をしている関川さんを連れて来ていた。

「ボストンで氷を作ったことがあるだと。リチャード・ベンスンさん。アメリカ人かと思ったらよ、国籍はイギリスだと。」

そこで早速、寺尾の持田邸にベンスンを案内した。

ベンスンは坂を嫌がるかと思ったが、長い足ですっすっと難なく上がっていった。息切れしたのは、鶴見の五人の方だ。

持田邸の心字《しんじ》の池に映る緑、その向うの築山《つきやま》、ドウダンだかカエデだかの枝に埋《うず》もれてい

る石の灯籠《とうろう》に、

「おお、東洋！」

と気に入った様子だ。

氷を作る予定地の谷地にも満足していた。

「ここにプールを作れば、いい氷できる。」

「プール？」

「池のこと。」

通弁の関川がつけ足した。

「冬、上の葉が落ちて陽がさしてくるようなら、テントね。」

「テント？」

「莚《むしろ》でいい。日おおいのこと。」

「水の量、オーケーね。プール深さ五十センチ、底しっくいで固める。まわり三センチ厚さの板はりまわす。継ぎ目しっかり。そこから土や砂が入らぬように。」

いざとなると、氷の池の管理は大変であった。

九月、池ができたら、まず水を入れ、きれいに洗い流す。二度か三度水を入れ替える。そして十一月、きれいな水を張って凍るのを待つ。

朝夕の見廻《まわ》りもしなくてはならない。そして池の上に舞い落ちる木の葉などは丹念に取りのぞく。風のある日、うっかりすると砂など吹きこむ。その時気がつかなくても、夏、コップの中が濁る。この辺は雪が少ないけれど、たまには降る。すると氷は不透明になって、商品にならない。鉋《かんな》で削り取るか、一度全部捨てて、もう一度水を入れ直すしかない。

そうして採氷は一月と二月である。大陸の高気圧が張り出して来て、西高東低の天気が最高。四、五日で十センチくらいの氷が育つ。氷はお天気次第。もし五センチくらいの頃、気温が緩《ゆる》み、暖かくなると、溶けていい氷にならない。

その氷を氷室に移す。氷室というのは十坪（三十三平方メートル）ほどで、窓のない土蔵である。崖下で日当たりの悪い所につくる。

「壁、三重。間にしっかりおがくず入れる。」

ベンスンが土蔵の指導もしてくれた。これがアメリカ式。

昔、加賀の前田家では、氷を氷室にしまっておき、夏将軍に献上した。その氷室は一辺が十三メートル程の穴を掘り下ろし底にぎっしり竹を敷きつめ、その上松葉や笹をおき、新しい雪を詰めて、槌《つち》でしっかり打ち固める。それを凍らせるわけで、その上から小屋掛けをした。

中川嘉兵衛も当初、加賀のやり方で、松葉を乗せて菰《こも》で包み、竹を当ててさらに締めた。

だから鶴見の氷室は新しいやり方であった。

ある日北西風が強く吹いた。気温がぐっと下がる。こういう日はさぞかし氷が厚くなるだろうと、その日の当番の又蔵は来てみて驚いた。

氷の上にうっすら泥が乗り、茶色に濁っていた。箒《ほうき》で掃いても泥はのかない。かえって泥をすりこんでしまう。風のせいなのかどうか、氷には泡が封じこめられている。

「こいつはてぇへんだ。これじゃ氷ぶっかいて捨てなきゃなんねえ。ああ、氷の出来不出来ってのは天気まかせって、この事だ。やれやれ。」

又蔵はみんなの所に駆け帰って、この一大事を告げた。鶴見の五人は寺尾道《みち》を、はあはあ喘《あえ》ぎながらやって来て、無残な氷にしょげてしまった。

「きんのう、青くってよ、ビードロの板みてえだったのによ。」

するとベンスンが来た。ベンスンも氷の具合を見に来たところだった。

「ミスター・ベンスン。すぐこの氷すててやり直します。」

六右衛門がいうと、ベンスンは「ノウ、ノウ」といった。

「このコオリ、わたし、買います。あしたの晩、使います。」

五人は顔を見合わせた。砂入り、泡まじりの氷じゃ売り物にならないのはわかっている。

一体、何に使うつもりなのか。

「コオリ、このままね。あしたの晩、家族つれて来ます。」

「じゃ、切り出しておきますか。」

「ノウ、ノウ、このまま。この氷の上でパーティします。」

パーティ？　パーティってなんだ？

五人は持田邸に行って、主《あるじ》に聞いてみた。

「ああ、西洋の宴会だ。外国人はよく野外で飲み食いするっつうから、それだべ。それにしてもよ、こんな所でふるえながら宴会てえのもおかしな話だ。外国人はわかんねえな。」

「何か仕度しといてやりますかね。」

「そうだな。肉やいたり、お湯わかしたりすんのに、うちの大火鉢運んどけや。二個ぐらいいるだな。炭おこしといてやれ。」

さて、次の夜、風はなかったが、しんしんと冷えた。

木の間から鶴見の五人は震えながら、思いがけない面白い光景を見ることになった。

まずベンスンが銀色の刃のついた靴を履いて、氷の上に降りた。すうっと右足から出し、上体を少しかがめ、両手でバランスを取りながら前へ進んだ。もっと広さが欲しい所だろうが、百坪の池いっぱいにぐるっと回ると、池のふちの板に腰かけていた男の子に、「来い」というように合図した。

男の子はベンスンの腰に手をかけ、その男の子の腰に、少し小さい女の子が手をかけ、すいすいやり出した。

「へっ、カモの行列みてえ。」

桶屋の伝さんがいうと、「しっ」と両側からつつかれた。

今度はベンスンの両手にぶるさがり、横一列でぐるっと回った。きゃあきゃあ楽しげな声が谷戸の木の間にひびいた。

「イギリスの子も、おらっちのがきもかわんねえな。」

ベンスンの奥さんも池に降りた。長いスカートが足にまつわりついて、滑りにくいだろうと思うのに、真ん中に出ると、くるくるこまのように回ったり、後ろ向きに滑ったりした。月があがった。途端に池には銀色の靄《もや》がこめ、軽快に滑るベンスン一家に、鶴見の五人衆は目が離せなかった。

ひとり火鉢に手をかざしている友人らしい男の人に、池の上から誘いの声がかかった。その人は手をふって断っている様子だ。滑れないのか、滑りたくないのか……。それでもあんまりみんなが呼ぶので、スケートの靴を履いて、ゆっくり氷の上に降りた。

すると足がもつれ、つるんと滑った。起きあがろうとすると立ちあがれない。両手両足をついて、氷の上をはうだけ。

堪《こら》え性のない桶屋の伝さんがぷっと吹き出し、木挽きも大工も笑い出した。池の上のベンスン一家もつられて、どっと笑い出した。

日本で一番初めにスケートをやったのは、札幌農学校のブルックス先生が学生たちに教えたという事になっている。明治十年である。でもその前に鶴見の人たちは、スケートを見ていた。

後に、この狭い百坪くらいの池では充分滑ることができないので、氷のリンクが横浜石川町の崖の下にできたそうだ。

札幌にはスケートの伝統が残っているし、神戸でも外国の商社マンが滑っているのを見て、それからスケートの歴史がはじまった。

もし鶴見の五人衆あたりが下駄にかすがいでも打ちつけ、滑る勇気があったら「鶴見スケート」として、今に続いているのではなかろうか。

ところで氷つくりの方だが、大正の頃までで、機械つくりに押されて止《や》めた。

ユリの行方

このところ、鶴見の桶屋《おけ》の新吉の姿が見えない。あるいは東京か川崎へ奉公に出されたのだろうか。鶴見では長男は父親の仕事を継ぎ、次男以下はよそに働きに出ると決まっていた。

「でも新ちゃん、まだ九つになったばかりだ。早すぎるよ。」

それがどうも東京でなく横浜らしい。居留地に出かけていった村の者が、新吉を見かけたといった。

「東京《とうけい》に子ども出すのもこわいけど、居留地はもっとこええ。」

「なあに東京よか近《ちけ》えじゃねえか。これからは横浜よ。いっくらでも手がいるってえからさ。」

実は新吉は、谷戸坂《やとざか》の花屋イザワに雇われていた。他の店ではこういう少年を小僧といっているが、さすが居留地向けの商店、ボーイと呼んでいた。イザワには新吉の他に杉田から来た彦次がいた。

外国人は花が好きだ。やれ、イースターだ、クリスマスだ、誕生日だ、出船《でふね》だ、入船《いりふね》だと、花束を贈る習慣がある。そのため花屋は必要で、谷戸坂には四軒あった。

店は表からだと一階だが、裏から見ると三階で、地下に二階があるようなつくりであった。つまり崖にそって建てられているからだ。新吉たちの部屋は一番下で、花を入れる筒や籠《かご》の間で寝ていた。

花屋の朝は忙しい。まず暗いうちに起こされて、予約している農家に花をもらいに行く。出る時はまだ提灯《ちょうちん》がいるくらいであった。花市場なんてない頃だから仕入れにはこれしかない。新吉は鶴見に行かされた。この季節は鳶尾《いちはつ》で、垣根際《ぎわ》に植えられた花を、毎朝五、六本ずつまだ露の乗ったまま切ってもらう。居留地には鳶尾《いちはつ》の好きな奥さんがいて、必ず買ってくれた。

「五、六本といわず十本でも十五本でも持っていけ。うちじゃ仏さんの花が一本か二本ありゃええんだからよ。」

「いえ、あのう……五、六本ってのがいいんだと、主人がいいました。そのかわり、明日も来ます。」

「そうけ。垣根が終りゃ、屋根の上にもある。」

この辺では藁《わら》屋根の棟に鳶尾《いちはつ》を植えていた。

谷戸坂の店に帰ると、今度は店の掃除にかかる。切り花を扱うため、土間はいつも水びたし。そこへ枝の切れ端や葉のくずが散らかる。それを片づけておかないと、お客さんの靴を汚したり、スカートにしみをつけたりするので、掃除はやかましかった。

ウインドウのガラス磨きも神経がいった。巾《はば》一メートル、高さ二メートルのガラスは人力車とか馬車の巻きあげる埃《ほこり》で絶えず曇るからであった。

もう一つ店員泣かせは、馬などが道に敷いてある砂利《じゃり》を弾《はじ》いて、ガラスにひびを入《い》らせることがある。ガラスは注文して次の船で持ってきてもらわなくてはならない。それに高価だから、ボーイふたりは、絶えず注意して、前の道の小石を片づけなくてはならなかった。

谷戸坂は段々になっていた。人力車ではあがれないので、坂下で降りる。それでも車から降りるのを面倒臭がる人もいた。例えばゲーテ座に芝居見物に行く客は、ニューグランドホテルから坂の下まで人力車で来て、そこから乗せたまま人力車を担ぎあげる。その担ぎ役は各商店の小僧たちであった。その代り一押し五銭もらえて、それはその子の小遣《づか》いになった。

横浜に船が着いて、観光客は赤い旗を持ち、一列で人力車でやって来る。その人たちは歩かせられる。店に寄って土産ものを買わせなくてはならないから。

花屋イザワによく来るイギリスの軍人がふたりいた。

ひとりはスミス中尉。谷戸坂を馬で駆けあがってくるから目立つ。別当《べっとう》（馬丁）を待たせておいて、花を一輪だけ買い赤い軍服のボタン穴に差して帰っていった。粋《いき》でおしゃれな将校で、することもてきぱき、垢抜《あかぬ》けているから居留地の人たちに人気があった。

イギリスは第九連隊、ノックス大佐指揮の三百人が山手一五〇の屯所《とんしょ》にいた。スミス中尉は公使館付きの騎馬護衛隊の隊長であった。

もうひとりはジャーメイン軍曹。スミス中尉の部下だが、若いのにおっとり、穏やか。目から鼻へ抜ける中尉と比べられては分が悪いが、気がいいところ日本人の店員に評判がいい。

「ええしの御曹子《おんぞうし》ってとこかね。おらが聞いたとこでは、ジャーメインはロンドン近郊のクロイトンの出だと。そこは園芸の盛んな町でよ。おとっつあんが植物学者で、バラの栽培家だ。」

とイザワの主人はいった。

「どうもあの中尉の自信たっぷりは鼻もちなんねえ。馬を早足でかけさせた時、別当は裸足で馬のすぐ後ろについてこさせんだぞ。やだねえ。」

スミス中尉は何年も軍にいなかった。さっさと現地除隊して本国にも帰らず、空《あ》いていた山手六〇の地所を買い、農園にした。名は「山手ガーデン」である。常々スミスは、

「ジャガイモははるばるアメリカから、タマネギは印度のボンベイから、青い野菜は上海から来る。これでは鮮度がよくないのも当然だ。我々の手で野菜を作り、牛を飼って牛乳をとれば居留地のみんなは助かる。」

といっていたから、それを実行に移したのだろう。

それと同時に、居留地の人たちのためにクラブを作った。仕事を終えた夕方のひと時、三々五々集まって来て、飲んだりしゃべったりの親睦の場作りであった。スミスは自分でもちょっとした料理を作ったそうだ。

ジャーメインも二、三年後軍を引いた。多分スミスの影響だろう。ジャーメインはしばらくスミスの手伝いをしていたが、その後正式にベーリーの農園に入った。ベーリーというのは、イギリス聖公会の牧師で、やはり新鮮な野菜をということで農園をはじめた。山手一〇一である。だが、ジャーメインはすぐ解雇された。ベーリーはその通知を、皆が見る新聞に発表した。何がベーリーの気にさわったのだろうか。

もっともヒュー・コッタッツイというイギリスのジャーナリストの書いた「維新の港の英国人たち」という本には

「ベーリーは牧師なのに気みじかで、よく召使いをむちで打った」

とあるから、あるいはのんびり悠々のジャーメインにいらいらしたのだろうか。

明治四年（一八七一）、何事も思い立ったらすぐ手をつけるスミスは、フラワーショーをはじめた。以来毎年五月ごろ、つまり百花繚乱《ひゃっかりょうらん》のシーズンに、花の展示会をするのだが、日本の植木商、花屋にも出品するよう要請があった。新聞によると、

「あの荒地が委員会（スミスたちだろう）に渡されて以来、一、二ケ月しかたっていないのに、魅力的な公園になった。イギリス軍隊のバンドは毎週火曜日午後演奏する。その他クロケット用の芝生が二面、木球用が一面ある。」

このフラワーショーにはジャーメインも手伝っている。

ある日ジャーメインは血相を変えて、イザワに飛びこんで来た。いつもゆったり来るジャーメインとしては珍しい。

「シンキチ、シンキチ。ちょっと、きて、くださーい。すばらしい　ハナ、みつけました。はやく、はやく、はやく。」

「どうしたんですか？　ミスター　ジャーメイン。」

「おハカ、すばらしい　ハナ、そなえて　ありました。あれ、なんの　ハナ？　なんという名ですか。シンキチ　きてくださーい。はやく　はやく。」

ジャーメインは散歩していて、増徳院の境内に迷いこんだ。増徳院は谷戸坂の上で、地番でいうと本町《もと》一丁目になる。

楠《くす》と銀杏《いちょう》の大樹が枝を広げ、その下に本堂、薬師堂《やくし》、弁天堂《べんてん》があり、そこを抜けるとすぐ目の下に横浜の港、対岸の漁村が見える高台に出た。

その横に墓地があった。お盆だったからどの墓もさっぱり掃除が届いており、線香の煙がたゆたう中、とっつきの墓の前に大ぶりの白い花が供えてあった。ジャーメインはその花の華麗さ、その芳香に呆然《ぼうぜん》としてしまったというのであった。

「シンキチ、はやく、はやく。」

新吉はひっ立てられるように増徳院の墓地に駆けこんだ。

「あれでーす。シンキチ。あの　ハナ、なんですか？」

「ああ、あれはヤマユリです。」

「おお！　ヤマユリ？　これがヤマユリ？　シーボルトのリストにあった日本のユリ？　これが　ヤマユリ！」

そもそも日本のユリをヨーロッパに紹介したのはケンペルとかシーボルトであった。ケンペルはユリのリストと、絵だけだったが、シーボルトは帰国する時、四百八十五種の日本の植物を運んだ。その中にユリがあったが、咲いたのはカノコユリだけ。それが大評判になり、嘘か本当か、その球根は盗まれ、秘《ひそ》かに愛好家の手に渡った。その値は二千フランだったとか——。

さて、ペリーの率いる四隻《せき》の黒船が浦賀にやって来たのは嘉永《かえい》六（一八五三）年であった。ペリーはアメリカ大統領の国書を持って来たが、そういう政治的な交渉ばかりでなく、他にもいろいろ使命があった。その一つは日本の植物の調査で、そのために四人の植物学者が乗っていた。

　いかに全世界が日本の植物に興味を持っていたか。中でもとりわけプラントハンターたちは「幻のユリ」に執着していた。この時ヤマユリは見つかっていない。多分花の時季ではなかったのだろう。

　だから最初にヤマユリの実物に出会ったのはジャーメインということになる。

「ヤマユリ……、ヤマユリ……」

　膝をついて大輪の花に頬ずりしているジャーメインを見て新吉はちょっと呆《あき》れた。どうも外国人は大袈裟《おおげさ》すぎる。

「これ、ダレの　おハカ？　この　おハカ、どこの　うちの　ヒト？　この　ハナ、ダレがそなえましたか。その　うちに　ジャーメイン、いきたい。シンキチ　わっかりますか。」

「おっさま（住職）にきいたら、わかるでしょう。」

　住職に聞くと、本町の商家の墓ということであった。

「ああ、その花のことですか。きのうお詣《まい》りに来た人なら、わかりますよ。鶴見の大黒《だいこく》屋の隠居です。」

「え、鶴見？　大黒屋？」

新吉はびっくりした。鶴見の大黒屋といえば、新吉の家の近くではないか。

「そこ、行きたい。その　ヒトに、この　ハナ　どこで買ったかききたい。ハナ　売ってる店、ジャーメイン知りたいです。」

とことん追求を止《や》めないイギリスの若者の好奇心に、住職も苦笑いした。

「大黒屋さんでは、ユリの畠を作ってるそうですよ。行ってみますか。」

「はい、もちろん。行きたい　行きたい。」

大黒屋というのは、東海道沿いの茶漬け茶屋だったが、ちょっと山寄りに引っこみ、店を広げ、構えも変えて、看板も、「料亭大黒屋」にした。近隣の名主《なぬし》の寄合いもここで行われることになっていたし、大山詣りの江戸っ子たちも必ず寄った。神田のひいき連《れん》が贈った飾り提灯《ちょうちん》も賑やかに軒《のき》に吊るし、鶴見の名店の一つであった。

座敷から見える庭には石をおき、シャラやカエデを配し、根締《ねじ》めにヤマユリを植えてあった。そんな庭だから、ユリも数はいらない。爽やかに涼しげに風情《ふぜい》を添えるだけのものだ。何年もたって十も十五も花のつくユリはうっとうしい。余ったユリや邪魔なユリを、隠居の弥平は裏にまとめて植えていた。

「大黒屋の隠居てえのは変ってるよ。いきなりイギリスさん連れてってもうまくいくかどうか。おまえさんも大黒屋へは案内できてもねえ。それから先は……。イザワの親方に頼んだ方がいいかも知んないよ。」

結局井沢秋三郎が、「この忙しい時によう、鶴見くんだりまで」と、まさかジャーメインをにらむわけにもいかないので、新吉を小突《こづ》き小突きの道行きとなった。

「ヤマユリなんて、どこの山にもあって、遠目はいいけんど、切り花にしてはかっこうがつかないさ。あっち向き、こっち向き、伏目がち、頭が重くて垂れっぱなし。とてもつぼには差せねえ。そんなヤマユリを畠に作ってるって？　何考えてるんだ。ああ、そうか。客に出す料理にユリ根《ね》使うのかもしんねえ。」

井沢秋三郎はぶつぶついい通しだった。

はたして大黒屋の隠居・弥平老人は
「ヤマユリ・ヤマユリ……」

としつこくいい募《つの》るジャーメインの応対に持て余したようだ。

井沢秋三郎も初めっからヤマユリには興味がないから、いい加減だ。それより座敷の奥の庭の方をのぞきたがる。

ジャーメインは増徳院の墓の前でもそうだったが、膝をついて、大ぶりの花びらに頬ずりするものだから、たちまち顔もシャツも花粉まみれになってしまった。

手を添える具合、見つめる目つきに、弥平も何か感じるものはあったらしいが、ジャーメインが弥平を見上げるようにして

「このヤマユリ　ほしい。売って　くださーい。」

とやると、また顔をしかめた。

「ユリは娘みたいなもんで。」

弥平はぼそっというと、あとはもう口を開かなかった。

「イギリスのおとっつぁんに、花見してやりてえそうですよ。」

見かねた井沢秋三郎が口を出した。

「どうだい、御隠居、ユリ一本、一円出すっていってるよ。」

「…………」

「ミスター・ジャーメインは花つきのいい、でっかいやつなら一円二十銭ふんぱつするそうだよ。」

ユリは毎年一つずつ花の数が増えていく。七年目のは七つユリ、八年目は八つユリという。掘ると根の周りは三十センチ、重さ三百グラムくらいはあるだろう。

「なあ、御隠居、わけてやんなよ。親孝行さしてやったら?」

「娘を金で売る気はねえよ。」

弥平は坐りこんでるジャーメインを押しのけると、そこに自分が坐って、ユリの葉を撫《な》でたり、花を両手でかこってのぞいてみたりしている。さっきのジャーメインと同じだ。ジャーメインも、それをぼんやり見ていた。見れば見るほどヤマユリは美しい。葉のつき具合、茎の長さなどバランスがいい。老人はユリを娘といったけど、その思いがちゃんと効果をあげて、良い育ち方をしている。それがジャーメインにもよくわかった。

ふと、クロイトンの庭でバラの手入れをしている父に似ていることに気がついた。無口で人と話したがらない、照れ屋でぶっきらぼうなところ、その分花と向き合うと、まるで人の変ったように穏やかな表情をするところまでそっくりではないか。

次の日から、ジャーメインは毎日、今度はひとりで大黒屋に出かけた。そしてユリの畠にいる弥平の後ろに立って、いつまでも見ていた。

「ヤマユリなんて、裏山に行きゃあいくらでもあるよ。」

弥平は相変らずそっけなかった。

実は山に行ってユリを見つけて、新吉はそっとジャーメインに届けた。イザワの主人が気の毒がって、新吉にいいつけたのだ。もっともちゃんと一円二十銭で売りつけたけれど。

ジャーメインはその根を少し干して、おがくずに詰めてイギリスに送った。船はまず広東に行く。そして四、五日放っておかれる。行き先き別に荷物を仕分けて、また船出する。だいたいイギリスには四、五ケ月かかる。これでは植物は耐えられない。もし着いても、父の庭に植えられ、花が咲くのは来年になる。

ジャーメインは相変らず大黒屋に行った。

「すみませんでしたね。ユリほしいなんて、ジャーメイン、もういいません。あなた、クロイトンの父に似ています。ユリの世話しているあなた見てると、父に会っているみたいです。」

ジャーメインは英語でしゃべる。弥平は黙って聞いている。通じ合うはずはないのだけど、お互い、相手のいうことがわかっているようであった。

ある日ジャーメインがいつものように大黒屋のユリ畠に行くと、何とユリが一本もなかった。盛りは過ぎていたが、つぼみもいくつかあったはずだ。それがすっかり抜かれ、土もきれいにならされていた。

「ど、どうしたんですか、ユリは？　ヤマユリ、どこ？」

「ユリはあなたさんにあげます。こちらにおいでなせえ。」

弥平はジャーメインに向かって笑顔を見せた。初めての笑顔、照れ臭そうな……何か魂胆《こんたん》があるような……。

ジャーメインは屋敷に通された。大黒屋の一番いい座敷で、すだれ障子を張り回し、庭から涼しい風が入って来た。

そして出て来たユリというのが、漆《うるし》の大ぶりの椀《わん》に入ったユリ根の餡《あん》かけ、てんぷらに、大鉢は煮しめ……。

「え、これ、ユリ？　ユリを　たべる？　どうして？　あのきれいなユリ、どうして、どうして、どうして？」

ジャーメインは目の前が暗くなった。なぜ、こんなことを、あのきれいなユリを食べるなんて——、許せない——。

弥平の方ではユリの好きな外国の若者を持てなしたいと思ったのだ。喜ばしたいばかりに、自分の娘のようなユリを料理した。それが客には通じなかった。弥平の方も裏切られた気がした。日本ではユリ根は高級料理なのに——。

「日本人がわからない。」

重苦しい気持ちで横浜に帰ったジャーメインの悲しさは何日も残った。

ある時、ヨコハマ・ユナイテッドクラブ——それがスミスの作ったクラブだが、日本の古典芸能を見る会が催された。演目は能、演題は「鉢の木」であった。

「佐野源左衛門常世は、雪の夜迷いこんだ旅の僧に、自分の大切な盆栽の梅、松、桜をなたで割り、その火でアワのかゆを炊いて持てなした。」
という話で、その解説を聞いてジャーメインははっとした。この能の主人公は大黒屋の弥平老人と同じではないか。他国の旅人のためかわいがってたユリで持てなしたんだ。弥平の、そして日本人の心意気だったんだと気がついた。

ところで第一回目に送り出したヤマユリの根はクロイトンに枯れて着いた。そこでジャーメインは、あきらめずにヤマユリを送った。どうしても父に日本のユリを見せたい。

まずユリの山掘りを新吉に頼んだ。新吉は大黒屋の弥平老人に教わり、さすがにみごとなユリ根を集めて来た。ジャーメインは包装に工夫を凝《こ》らした。おがくずの代りに灰や、炭の粉の中に入れたり、番茶の茶がらに詰めたりした。これは弥平の考えであった。本当に祈るような気持ちであった。

それは無事にクロイトンに着いた。そしてまた何ケ月かたって手紙が来た。

「ユリが咲きました。花びらの中央に黄色のすじのあるゴールデンリリーでした。」

ジャーメインはこれに力を得、ユリの輸出をはじめた。

日本のユリがヨーロッパやアメリカで大人気であった。ジャーメインひとりでは間に合わない。ユリを送り出す貿易商も増え、そこへユリ根を届ける植木商も数が増え、実際に山を駆け回ってユリ根を集める新吉のような人もたくさん雇われた。ユリで儲《もう》ける「ユリ大尽《だいじん》」

も出れば、生きている球根のこと、失敗をして一夜で「ユリ乞食」になる人もいた。

姫君さま神かくし

幕末から御一新《ごいっしん》にかけて、東海道の混雑はひと通りではなかった。京都の所司代《しょしだい》と江戸の連絡は殆んど連日のようだったし、各大名が出す国許《くにもと》と江戸の屋敷の間の飛脚は、これまたひっきりなし。勤王の浪士が通れば、公儀の隠密《おんみつ》もいるという具合であった。用もないのにうろつく「抜け参り」などもあった。

あるとき、茶屋「しがらき」にみごとな駕籠《かご》が止まった。

大名の姫君の外出用で、黒地に細かい金梨地《きんなしじ》、ところどころに紋（それも葵《あおい》）が施され、引戸には朱総《しゅぶさ》がついていた。

担ぐのは四人の目立たぬ武士、その後ろに、これまた控え目な腰元《こしもと》が四人ついていた。このお駕籠にしては簡略すぎた。

だいたい高貴な姫君（葵がついているほどの）の旅は前々から沿道の名主《なぬし》、あるいは休む予定の茶店に連絡があった。店では板を削って、「何々家姫君御休み所」の看板を出す。それが歓迎の挨拶でもあり、店の宣伝にもなった。それが突然のお越しというので、「しがらき」もあわてた。

もっと驚いたのは、姫君は駕籠から下りず、店の中へずんと入っていき、そのまま廊下を進み、奥の座敷へ入っていった。

いくらお忍びで、顔を見られたくないといっても、ちょっと異様であった。もちろん座敷の襖《ふすま》はぴったり閉じられ、お伴の武士が二名、店先に立ち、あと二名は襖《ふすま》の外に座って番をしていた。

軽い昼の食事、それからお茶菓子もその武士に渡す。お給仕の女中が下がってから、襖が開けられ、盆を中に入れるという念の入れようであった。

「しがらき」の主人が紋のついた羽織《はおり》で挨拶に出たが、

「しさいあってのお忍びだから。」

と断られた。

昼過ぎ一行は出立《しゅったつ》していったが、派手な姫駕籠は目立つのか神奈川宿《じゅく》でも見た、大磯の本陣に入るところも見たと、かなりの客が噂をしていた。目立たせたくないのか、少しは人の目に残すつもりなのか、よくわからない。

「姫駕籠の紋は八角に葵がちらしてあった。あれは水戸の支藩の宍戸《ししど》様か、高山様も同じ紋だ。」

地方の文化人というのは「大武鑑《だいぶかん》」なんか見て、あの御家中の旗指物《はたさしもの》はなんで、御挟箱《おはさみばこ》はなんで……というのをよく知っていた。

「葵はおそれ多いってんで、そのまま使わないから、いろいろ形を変えるんだね。表の三つ葉もありゃ、裏葉もある。」

というわけだった。

姫駕籠道中の作法も疎略《そりゃく》すぎて、「ありゃ、もしかすると空《から》かごかもしんねえ」という者もあった。

もっともその先で、この駕籠は消えた。

何日かたって、京都から姫駕籠の調べが「しがらき」に来た。

つまり京都の公家にお輿《こし》入れのはずの姫が着いていないというのであった。どうも小田原に着く前に姫駕籠はもちろん、お伴の男女八人どうなったのか、謎のままであった。


明治も十年ごろになると、世の中はやや落ちついて来た。東海道沿いの名主の家の戸板にガラスが入った時など、見物が詰めかけた。

その頃のことである。

鶴見の屋根屋の五兵衛のところに、ある日、馬場村の建功寺の檀家総代《だんかそうだい》という男がやって来た。屋根替えの注文であったが五兵衛は丁寧に断わった。

屋根葺《ふ》き渡世《とせい》といっても、五兵衛の葺くのは民家の屋根であった。お天気を見定めて、ぱたぱたっと古い藁《わら》を引き剥《は》がし、その日のうちに葺きあげてしまうような、手軽いのしか扱ったことがなかった。

お寺の屋根といえば、何十坪からあって、三日も四日もかかるだろう。大きいばかりではない。軒の細工だとか、棟の両端の飾り、破風《はふ》のつくりなど、難しいことをいわれるんじゃないだろうか。

「だからおまえさんのところに来たんじゃないか。どうしてもおまえさんにやってほしいからね。この辺の屋根は、五兵衛さん、あんただろ。一目でわかる。」

たしかに職人には癖があって、見上げただけで、この屋根はどこの職人が葺いたものかわかるものだ。

「屋根はまず目につくものなんでね。おまえさんの腕ならってことになったのさ。」

「いやあ、どうも。」

五兵衛はまんざらでもないという顔になったが、やはり返事はできなかった。

「きょうび、お寺さんの屋根は瓦じゃないですか。」

「いや、東京《とうけい》へんじゃ瓦、瓦とはやっていますがね。瓦なんてあげてごらんな。近郷近在《きんごうきんざい》、弁当もちで見にくる。うるさくてかなわん。」

檀家総代は幾分眉《まゆ》を寄せた。五兵衛はちらっと見て思った。何かある。何だ、これは。

五兵衛は話を変えてみた。

「だいたい、屋根屋には縄ばりがありやしてね。よその領分の屋根には、お互いさわらないことになっていやす。それがおらっちの仁義てえもんじゃないですかい。へたすると仕事やってん時、なぐりこみに来ますぜ。屋根屋は刺刀《さすが》って、縄を切ったりするもん持っていやすからさ。たいげえ道具屋から道中差し買って来やすんですが……。そいつをふりまわしゃ、あなた血の雨だ。こっちにだって若えもんがいやすからさ。受けて立って息まくにきまってやすぜ。そうそう、それからはり棒っていって、竹をそいだ道具もあるしよ。まるで竹槍《やり》ですぜ。」

五兵衛は少しおどかしてみた。けれども相手はちっとも堪《こた》えた様子がない。

「その点なら大丈夫だよ。建功寺の屋根葺いた棟梁《とうりょう》は墓ん中だよ。この前葺きかえたのは四十年前だもの。そこの徒弟てえのが跡を継いだんだが、そいつも死んじまってね。だから心配はいらねえ。」

「さいですかねえ。でも馬場村のうちには屋根屋がそこ一軒だけじゃありますめえ。」

するとと檀家総代は妙なことをいった。

「実はさ。五兵衛さんよ。遠い屋根屋にやってもらいたかったんだ。」

五兵衛が訳《わけ》を聞きたがると、話をそらしてしまったが、おかしなもので、そうなると五兵衛の方が乗り出してきた。何かありそうだ。何だろう。

五兵衛はまず下見に行った。

馬場村というのは、隣り村の寺尾を通り抜けて、もう一つ向こうの村であった。

山門を入ると、石畳がまっすぐ本堂まで続き、境内の植えこみも手入れが届いていた。裕福な寺らしい。屋根は寄棟《よせむね》と切妻《きりづま》を合わせた形であった。お寺にしては仰々《ぎょうぎょう》しくない、簡素なものだったが、それだけにかえって、荘重《そうちょう》な感じがあった。その向こうに庫裡《くり》が続いていた。

なるほどかなり茅《かや》はくたびれて、しょうがなくなり、黒ずんでいた。これでは本堂のどこか雨洩《も》りでもしているかもしれない。

「茅は七百段、縄は二百把《ぱ》でいいようだけんど……。とといますかね。」

「間に合わすよ。足りなきゃ買い足しておくよ。」

「じゃ、足場の材料はこっちで運んできやしょう。」

というわけで、五兵衛は早速、職人たちに声をかけた。叔父さんとか、妹の連れ合いとか、倅《せがれ》の庄八というういつもの顔ぶれだけでは、とても足りず、方々《ほうぼう》に助《すけ》っ人《と》を頼んだ。

馬場村へは通えるので、現場に泊まらなくてもいいのは助かるが、その代り何人か自分の所に泊めなくてはならなかった。

さて当日、そろってお寺に行ってみると、すでに茅は山のように庭先に運びこまれていた。檀家の人たちの奉仕であった。

どの村にも茅場は何ケ所かあって、一つを十何軒で管理していた。たとえば春には一回か二回、火を入れて焼き、古い根を起こしてやる。そうすると、いつもいい茅が育つ。それを秋、刈って、よく干し上げておく。一回分で十何軒の屋根には足りない。だから屋根無尽《むじん》といって、当り番が二軒くらいずつ、順ぐりに葺いていくのであった。

寺の茅場もあるのだろう。五兵衛が積んであった茅を指で押してみると、村できの茅は幾分柔らかい。しかし山際《ぎわ》の荒地から買ったという方は太いし、艶《つや》も良かった。こいつは上等だ。これを上に持っていけばいい。

檀家の衆たちが仏様の上の天蓋《てんがい》や金色の蓮《はす》の花や、燭台から木魚などを運び出していた。

屋根を剥ぐ時、埃《ほこり》になるからであった。最後に仏様を住職や檀家総代がうやうやしく担いで出た。

五兵衛たちは早速足場を組んだ。高いところの仕事をしやすいように支柱を立てて、板を渡すのであった。

古い茅を剥がすのは、檀家の男衆も手伝った。茅をとめてある縄を切って、一束《たば》、一束落とす。もうもうと埃があがり、遠目には寺全体、薄茶色の靄《もや》がすっぽりかかったようであった。

女衆たちは裏の方で炊き出しの、人参、牛蒡《ごぼう》、こんにゃく、蓮根《れんこん》などの取合せで煮しめを作っていた。何かあるとこしらえる決まりの料理というわけだ。

みんなで丸くなっての昼食は賑《にぎ》やかであった。口の達者な五兵衛の叔父さんが、のべつ皆を笑わしていたからだ。

「はじめて屋根にあがった時はふるえたね。屋根ってのがこんなに高いもんだとは思わなかったからよ。立てなくって、四つんばいになったと思いねえ。その手の下からぬらっと青大将がはい出したじゃねえか。思わずとびあがった拍子《ひょうし》に、すべり落ちちまった。必死で藁《かわら》をつかんだけんど、間に合わねえ。あん時は足折って一ケ月半は何もできなかったよう。」

どの家にも天井裏にはねずみがいた。それをねらって蛇が入りこむ。村の人たちが茅を運びこんだりしはじめると、大概《たいがい》気配を察して、ねずみも蛇もいなくなってしまうものだ。しかし中にはのんびりしたのもいるらしく、屋根を剥がす段になって、あわててくねくね滑り出すのもいた。もっともそういう時も決して殺したりしなかった。蛇を屋敷の守り手として大事にしていたからだ。

「蛇もどじだがよう。親方も木から落ちた猿ってとこだねえ。」

「ああ、棟梁に後あとからかわれたよう。」


「ねえ、とっつぁんよう。むこうの庫裡《くり》の天井おかしいぜ。」

倅の庄八が、五兵衛をつついた。

「何が。」

「寺ってのは、本堂の屋根が高いもんだろう。」

「そうだな。」

「それがさ、庫裡のは本堂より三尺高いんだぜ。おら、はがすのを手伝う時のぞいてみたんだがよう。あっこ中二階だぜ。」

「……。」

「さっき台所にお湯むらいに行ったら、誰もいないんだよ。しめたって、奥までのぞいて来たけどよ。どっこにも階段がねえ。」

「おい、庄八。何てことするんだ。あんましちょろちょろすんな。」

「ありゃ、かくし部屋だぜ。おとっつぁん。」

「いい加減にしねえか。」

「ほら、神奈川宿の旅籠《はたご》屋の屋根の助っ人したことがあったけんど、あれと同じ作りだ。おとっつぁん。博打《ばくち》場かね。」

「まさか、お寺さんでは丁半《ちょうはん》はしめえ。」

「じゃ、何に使うんだべ。」

「さあな。ふーむ。檀家の衆や住職が変にかくしたがったのは、これかもしれねえな。」

五兵衛は建功寺の人が、初めてやって来た日のことを思い出した。

「なんのこったよ。おとっつぁん。」

「なんでもねえ。こっちのこった。いいか、庄八。お寺さんがかくしていなさるんだ。二度と口にすんじゃねえぞ。見ねえふりしなよ。わかったな。」

「わかったよう。」

古い屋根がすっかり剥がされると、今度は屋根屋が手分けして、四面から仕事にかかった。まず一本並べといって、茅を一束ずつ軒《のき》先から並べ、樽木《たるき》に縄でとめていった。そうしておいて、茅を厚く重ねていくのだが、大きな屋根ほど厚い。

さて仕事は屋根の上で茅を乗せていく者と、下からはり棒で縄を渡す者とふたりで一組になった。下にいる者を地走《じばし》りといった。はり棒は真竹を斜めにすぱっと切り、節《ふし》の所に穴を開け、縄を通すめどにする。それを下から見当つけて突き刺すと、上でその縄を受け取って、茅の束を締めていくのであった。このふたりの呼吸が合わないと、上にいる職人を突き刺したりして危いことになる。

「いくぞう。」

「ようし、あ、もしこし江戸の方にたのまあ。」

「あいよ。」

「行きすぎだよう。ちっと箱根だあ。」

というような調子で、初めての者はもたもたするが、馴《な》れた者同士だと、黙っていてもぴしっと手許《もと》に縄が来て、職人の指さえかすったりしなかった。

地走りしていた庄八は、さっきおとっつぁんから探るんじゃねえといわれたのに、隠し部屋が気になった。

庭にいるうちは、まだいいが、茅も葺き進んで地走りも天井裏に潜りこんで、はり棒を突き刺すようになると、屋根の上のことより、隠し部屋の辺りばっかり目が行った。だから隠し部屋の上に来た時は、がまんできなかった。

「おい、ちょっと待ってくれや。」

屋根の上に声をかけると、梁から滑り降り、そっと片足を伸ばして、天井のあて板を探ってみた。天井板は大概、最後の一枚釘でとめてないものだ。天井裏の掃除のためにもあてただけになっていた。

ずらしてのぞいてみると、はたして部屋になっていた。八畳敷きで、小さな武者窓が一つ、そこから外の光が射しこんでいた。その筋《すじ》の中を、細かい埃の粒が金色に光っていた。

「あの武者窓は外から気がつかなかったな。どの見当だべ。」

その向うにも板の間らしいのが見えた。調度一つなく、きちんと片ずいているのは、屋根替えに備えて、どこかに移したんだろうか。

「ついきんのまで、誰かここにかくれていたみてえだ。どうもおいらそんな気がしてしょうがねえ。」

十五歳の庄八には、それ以上の見当のつけようがなかったが、天井板の隙間からはいのぼる風は、埃の匂いに混じって女の人の残り香《が》……髪油か…、おしろいか………。

「庄ちゃんよ、何やってんだ。上で合図してんのが聞こえねえのかよ。」

「う、うん……。おいらてのごい落としたんでよ。ひらいにおりてきたとこよ。」

庄八はそっとあて板を足で直し、あわててはいあがってきた。

「あぶね、あぶね。おとっつぁんに見つかったらどやされたな。」

棟から前後に流れる屋根側は、茅を二十段は葺かなくてはならない。左右は十七段くらいで破風にかかる。そして棟まで来ると杉皮をあてがい、雨の洩《も》らない算段をしてから、棟づくりをした。

あとは仕上げで、はさみで小さく形を整えていくのだが、細かい茅の切れっぱしが風に舞い、金粉のように光った。

庄八は隠し部屋のことは、おとっつぁんにいわなかった。ただ、時々思い出しては、女の人をあれこれ想像した。

五兵衛は息子をたしなめたものの、隠し部屋については息子以上に興味を持った。普段檀家の衆がそれとなく目を光らせているので、その隙をねらうのも、ちょっとした冒険であった。

とうとうある日、その瞬間が来た。

庫裡の廊下の天袋の天井板をずらしてあがってみた。商売柄ふみ台なしでも、鴨居《かもい》に手をかけて弾《はず》みをつけてあがれる。

そこは庄八がのぞいた所と逆方向であった。板の間の隅に、ふたのついている穴があり、のぞくと、階下の納戸《なんど》であった。多分ここから食器など吊りあげ、吊りおろすのだろう。

五兵衛は立ちあがる時、ちょっとつまずいて柱の下にあるぽっちにさわった。かたんと音がして、壁が開き、小さな木箱が現れた。漆の箱に入った、直径十八センチの丸い銅製の鏡であった。十センチほどの柄があり、細い籐《とう》を巻いて、持ちやすいようになっていた。裏には亀甲《きっこう》（六角）の枠に三つ葵がついていた。

多分、最後にこれを移す気だったのだろう。まさか隠し戸棚に気づくとは思わず、そのままにしたのかもしれない。

五兵衛はその辺で降りて来た。この亀甲葵がどこの藩の紋かわからない。そこでそれを寺子屋の先生（この辺の文化人というと、名主でもあるこの人を指した）に、聞いてみた。

「徳川御本家は丸枠に三つ葵だが、正嫡《せいてき》以外は少々くずして使っていたね。」

つまり正式の紋の代わりに女紋もあり、鏡、長持《ながもち》、箪笥《たんす》につける家具紋などあるという。
二、三日すると寺子屋の先生は、ぶらりと五兵衛のところにやって来た。
「六角、八角の紋というと、守山藩、長沼藩、宍戸藩といったところで水戸様の御舎弟だね。六角の届けを出して正式に使ったのが『大武鑑』に出てくる。ところが天明二年（一七八二）になると、亀甲葵は出てこない。その頃作られた鏡を伝えているのだろう。」

「五兵衛よ。ところでなんで亀甲葵なんだ。」

「実は、先生。」

五兵衛は声をひそめて、建功寺の隠し部屋の話をした。そこに亀甲葵の鏡があった……。

「なるほど。建功寺の先祖の娘が誰か水戸様の御守殿《ごしゅでん》（奥方）に仕えて、宿さがりにもらったんだろう。」

「………」

「それとも姫君をかくまったのかな。おとこ気のある住職だ。」

中一日おいて、今度は先生の方から呼び出しがあった。

「五兵衛、やはり守山藩だな。」

「さいですか。守山ってどの辺ですかね。」

「陸奥《むつ》だな。守山村（現・郡山市）だ。」

「遠いんですね。」

「ほれ、寅（嘉永六年＝一八五三）の黒船の前だったか、後だったか。『しがらき』に姫駕籠がついた話、覚えてねえか。」

「ありましたね。そんな話。」

「その姫君さ。守山といっても小石川住まいだが。もう一つ証拠がある。縁切寺って知ってるか。」

「鎌倉の？」

「そうだ。鎌倉ばっかじゃない。縁切寺っていっても夫婦の離婚の為だけじゃない。一揆の首謀者も駆けこむと寺抱えになって、藩の追及をのがれることができた。守山の金福寺てえのが有名らしい。忍者屋敷だそうだ。寺のどこからでも入れるし、風呂場にいても逃げ口がある。建功寺が守山とどうつながっているのかわからんがね。」

　さて、守山藩というのは、御三家の一つ水戸家の光圀《みつくに》の弟が別家を建てた。

頼誠《よりしげ》
- 頼茂（三才死）
- 頼歆（三才死）
- 頼升《よりのり》（天保三年生）——頼之（元治元年養子）——喜徳（明治六年養子）
  - 鏘《かね》（松平頼策夫人）
  - 鐘《しょう》
- 銛《もり》（天保四年生）（安政四年死）
- 祐（二才死）
- 頼杉（三才死）
- 頼邕（三才死）

当主松平大学頭頼升は、銛《もり》姫と一才違い。他の兄弟は夭逝《ようせつ》したので、銛姫に養子を迎えるつもりだったらしい。どういう理由か石岡松平家の次男が、小石川に預けられて頼升や銛姫と一緒に育った。多分許婚《いいなずけ》の話も早くから起こっていたろう。銛姫もそう思っていた。

ところが京都の公家へやってくれぬかという話が水戸の宗家《そうけ》から起きた。斉昭は二十二人の男子、十七人の女子がいたが、夭逝が多く、適当の姫君がいないらしい。いわゆる公武合体の話が起きた頃で、断っても断っても、蒸し返された。

「千代松君でないといや。」

はっきりものをいう銛姫は、本家が何といおうと、守山藩の番頭がなだめようと、要人が泣き落とそうと、いや、いやの一点張りであった。

「やはり御当人同士一緒にしてしまえば、あとはどうにでもなる。」

と、こうなった次第であった。さて銛姫は二十五才（安政四年死）となっているが正確なところはわからない。

生麦のお舟歌

生麦《なまむぎ》の網元《あみもと》、三十郎親方の名は、一膳めし屋「ろくいむ」でも、よく噂に出た。やれ、黒船が内海《うちうみ》（東京湾）に入《へえ》って来て、かんまわすんで、魚が逃げちまわ。黒船を寄せつけんなと、浦賀の奉行所に怒鳴りこんだとか、いんや、おらの聞いたのは、じかにペロリ（ペリー提督）の船に乗りつけて、談判したっていうぜとか……。

三十郎親方は並みの人よりひと回り大きく、肩も胸も厚く盛りあがっていた。浜に出てくる時、一応は漁師と同じ筒っぽの仕事着を引っかけているのだが、どこにでもすぐ脱ぎすてる。だから年中裸のようなものだ。猪首《いくび》ですぐには下を向けないせいもあるが、いつも反《そ》りぎみで、傲然《ごうぜん》と歩く。足許にうろうろする網子《あみこ》たちなど眼中にない。

「おはようごぜえやす、親方。」

漁師たちの挨拶にも、たまにあごをしゃくるくらいであった。そういう尊大なやり方は、荒くれたちの、力だけの社会にはかえって通用するようであった。

漁師たちは夜明け方、水平線の上にたゆとう雲に、少し赤みが差す頃帰って来て、獲《と》ってきた魚を競《せ》りにかけた。

柱にうろこの貼りついている粗末な小屋が、活《い》きいきするのは一日に一度、この時であるが、そこに三十郎親方が出てくると一段と小屋は沸いた。景気よく高値をつけてくれるからだ。もっともつけた通りの値が漁師に行くかどうかはわからない。

盆暮二度の払いだが、その時には親方自身、いくらにつけたか覚えていないからだ。

ところで、江戸に将軍さまのいた頃、生麦といえば幕府の台所であった。金杉《かなすぎ》、芝、品川、御林《おばやし》（浜川）、羽田、神奈川、新宿（子安《こやす》）、生麦を「御菜《おさい》八ケ浦」といった。御菜とは魚のことで、一ケ月に三度、獲れたものを幕府に納めた。その見返りとして湾内どこでも自由に網を入れていいという特権が与えられていた。

幕末の生麦の明細帳には漁師船五十一、藻草船《もぐさぶね》十、五大力船《ごだいりきせん》（近距離を廻る海運船）六十三艘《そう》だが、明治三年には百三十六艘に増えていた。おまけに幕府に納めることはいらなくなったし、浜は一層活気が出た。

生麦で獲れる魚といえば、まずアイナメであった。アイナメは四、五月頃が旬で、ツツジが咲き出すと、「ろくいむ」でもアイナメが出てくる。冬は鶴見川河口でシラウオが獲れた。この魚は細くて優美で、腹まで透《す》けて見える。とぐろを巻いているはらわたが徳川家の葵《あおい》の紋に似ていると、勿体《もったい》ながって口にしない人もいた。それより黒いぽちんとおいた目がかわいかった。他にアナゴ、カレイ、コチ、アジ、キス、ハゼ、そしてハマグリ、アサリの貝などであった。

「ろくいむ」に飲みにくる連中はこわもての三十郎親方の話を酒の肴《さかな》にするが、「ろくいむ」の娘のおけいは、その三十郎親方にもどうにもならないものがあるというのが面白いと思った。

三十郎が弱いのは末っ子の幸三だそうだ。これがかわいくってしょうがない。不漁の日でも、幸三の顔を見ると、たちまち機嫌が直る。「おらっちの幸ぼう」と、飴《あめ》をなめてるような声を出した。

実は、三十郎には五人子どもがいた。

長男は五歳になった春、つい目と鼻の先の磯溜《だ》まりで、カレイ突きをしていて、溺《おぼ》れてしまった。五寸（十五センチ）そこそこの水で、どうしてそんなことになったのか、見ていた人がいないので、わからないままであった。

次の子は十五歳。やっと浜の若者組の小頭格《がしら》になり、三十郎もやれやれと思っていた矢先、本牧《ほんもく》沖のウワネ（上根＝岩礁の名）で、アワビを釣っていた時、突風の煽《あお》りを受けて舟が引っくり返った。

その時三十郎も同じ海でアジ釣りをしていたのだ。もっとも三十郎は第一恵比寿丸に乗っており、息子の方は第二恵比寿丸であった。

和船は波の穂に乗りそこなうと、意気地のないもので、ころんと返り、せっかくとった魚もろとも、海へ放り出されてしまう。舟を戻して乗りこもうとしても、下手《へた》をすると、舟べりに手をかけただけで、また引っくり返る。いったん水についた舟は浮力がなくなるようで、ころんころん、止めどがない。漁師も疲れてくるし、はいあがれず、そのままおっすぐ、まるで引っぱりこまれるように、すうっと落ちて、そのままであった。

三十郎は第二恵比寿丸が水舟になったのに気がついて、網も何も放り出して、漕《こ》ぎ寄せたが、間に合わなかった。こうして次男まで亡くしてしまった。

次は女ふたりで、三十郎は初めからこのふたりは勘定《かんじょう》に入れていなかった。上の娘は江戸に奉公に行っており、下のが今家にいて、母親の手助けをしていた。これが「ろくいむ」のおけいと同じ年令《とし》であった。

結局「おらっちの幸ぼう」がただひとりの頼りであった。何がなんでも自分の跡をとらせて、浜で巾《はば》を利《き》かす網元になってほしかった。

ところがその幸三がどうにも頼りなかった。まだ幼いというだけでない。どこかひ弱《よわ》で痩《や》せこけており、色も青白かった。

浜の子は一日浜辺で潮風になぶられて遊ぶので、粒栗のように黒光りしていた。それが幸三ときたら、ちょっと陽に当たりすぎると立ち眩《くら》みしてしまう。親方のところの幸ぼうのことだから、浜の連中も仕事を放っぽり出して、小屋とか松林に運びこみ、濡れた手拭《てぬぐ》いを額《ひたい》に乗せるやら、扇《あお》ぐやら。駆けつけて来た三十郎は人目があるもんで、幸三の耳もとでわざと荒々しく胴間声《どうまごえ》を張り上げた。

「なんでえ、なんでえ。浜で半刻《はんとき》やそこら遊んでたくれえでぶっ倒れるなんざあ、男じゃねえ。」

誰もいなきゃあ、かき抱いてくどくか、おろおろぬれ手拭いを代えるかしたに違いない。だから余計《よけい》むしゃくしゃする。

「こんちくしょう、立ちやがれ。根性をたたき直してやる。」

幸三はその声におびえて、その晩熱を出すのだから情けない。

ペリー提督率いる黒船がくる直前のことであったが、江戸に入ってきたミカン船が沖で遭難した。その時ミカンが波にのってぷかぷか浜に着いた。子どもはもちろん、漁師たちまで歓声をあげてミカンを取りこんだ。三十郎の網子も籠《かご》に何杯かとったと、親方のところへ届けに来た。

「おらっちのがきが拾ったんで。でもよう、親方んとこの幸三ぼうはさすがにおうようなもんだ。そんなもんには手もつけね。」

鷹揚《おうよう》といわれても、三十郎には世辞には聞こえない。ぼんやりのぐずが……と、いわれているようで肝《はら》が煮えた。くそっ、おらが浜にいてみろ。誰にも取らせるもんじゃねえ。みんなに集めさせ、それから浜じゅうに配ってやらあ。

「やい、幸ぼう。この甲斐性なしめ。ミカンっていやあ目出度《めでて》え福じゃねえかよ。二つでも三つでも取りこむがいいや。それができねえってんなら、せめて家まで走って知らせにきやがれ。それっくれえ、考えつかねえのかよ。」

と幸三にも八《や》つ当たりした。


いよいよ、「おらっちの幸ぼう」が八歳になった。

浜の子は八歳になると、漁師の修業をはじめなくてはならない。まず小釣り舟に乗って、馴《な》らしてからためし（試験）があり、それに合格すると小若衆に入れてもらえるのであった。

浜には年令《とし》をとり、もう魚を獲る激しい労働ができなくなった漁師がいる。そういう人は小釣り舟で磯まわりでアジやイサキ、冬はキスなど釣って、余生を送っていた。その老漁師たちはついでに子どもを乗せて、漁を仕込むのであった。

「幸ぼう、おめえも今年から海へのり出せ。」

親方がいった。

「いやだ。」

「なんだと、やい幸ぼう。浜のもんは誰でもやるこったぞ。舟に馴れて、潮の機嫌や波の顔色を覚えて、ためしに通らなきゃ一人前にはならん。わがままいうんじゃねえ。」

「おら、舟にはのらん。」

三十郎に歯向かえるのは、わがまま放題の幸三だけだ。でもこれが精一杯であった。三十郎が機嫌を損ねたら、たとえ、「おらっちの幸ぼう」でも、ぶちのめされかねない。

「このやろう、村のきまりだ。」

三十郎の声が大きくなった。幸三はちょっと首をすくめて、殴られる用心をした。

「海はいやだよう。」

「なにい。」

「だって、あんちゃんらは海で死んだ。」

「そ、そいつは……」

三十郎は絶句した。鬼の三十郎でも「板子《いたご》一枚下は地獄」の恐れがないわけではない。しかし海へ乗り出すのは、浜に生まれた者の定めだ。それに逆らうわけにはいかない。どうしてこんな臆病者になっちまったんだ。歯痒《がゆ》くって、つい大声をあげることになった。

「ええな、おらの命令だ。きかなきゃどうなるかわかってんな。」

「ねえ、おまいさん、まだ早いよ。来年だっていいじゃないか。体力もないのに無理させて、もしものことがあったら、どうするのさ。」

おかみさんははらはらした。

「何をいいやがる。浜のきまりをおらが破ったらしめしがつくかよ。幸三は、どうでも舟にのせる。」

三十郎は幸三の修行を与助じいに頼んだ。

与助は三十郎のところの網子だが、小柄で目のくぼんだ、目立たないひとり者の老人であった。漁夫にしては口数も少ない。おとなしい穏やかな人柄だから、幸三をあずけても、手荒なことはしなかろうと、これも三十郎の親心だったかもしれない。

いよいよその日が来た。村には八歳が、その年は七人いた。

どの子たちも乗せてもらう舟は決まっていて、みんな当たり前のように、むしろ浮きうきふる舞っていた。

問題は幸三で、「漁師になんかなりたくない」と泣いたことはとっくに浜じゅうに知れ渡っていた。親方がどう始末をつけるか、幾分面白がって、様子をうかがっていたのである。

幸三は青ざめ、頬を引きつらせ、母親の袖《そで》にしがみついていた。母親がしきりになだめ、どうやら与助じいの舟に乗りこんだ。浜の者たちは幸三がかわいそうだし、親方は気の毒だしと、見ぬふりをしていた。みんな内心、「こりゃあつづくめえな」と思った。

幸三は与助の舟の胴の間にぺちゃんと坐り、仕切りの板をしっかりつかまえ、目は床板の一点をにらんでいた。与助も無口だが、幸三も貝のように押し黙っていた。いや、貝だってもう少し音をたてる。

「やれやれ、とんだ荷物をしょわされちまったよう。」

与助はおびえている幸三を、どう扱っていいかわからなかった。もし泣かれでもしたら……。さっきおかみさんが、

「その辺ちょいとひとまわりしてくれればいいんだよ。」

と耳打ちされた時、断ることだってできたんだ。与助は気弱な自分に腹を立てていた。だからその日は幸三のことが気になって、アジ一匹釣れずに終った。

ところが次の日、こりて来ないだろうと思ったのに、幸三は浜に出て来た。たぶん三十郎に追い立てられて、しぶしぶやって来たのだろう。幸三は舟の上で、やはり一日口を利かなかった。青い顔で固くなっているのであった。

「そんな肩に力をいれたら、どんな子でもまいっちまうよう。」

と、終《しま》いには与助も気の毒になってきた。

小さい子を乗せた小舟はその辺を散らばったり、近づいたりしていた。

「どうだい、具合は。釣れてっか。」

「そっちはどうでえ。」

舟は声をかけ合って、潮の具合を教え合ったりしていた。その一艘が近づいてきた。

「あれ、与助じいと幸ぼうじゃねえか。」

「………」

「だんまりなんで、漂流船かと思ったよう。」

「………」

与助はうるさい連中から逃れようと、舟を沖へ向けた。

大体櫓《ろ》の立つまでが、その村の漁場になっていた。遠浅の生麦の場合は、それがだいぶ先になっていた。

その向うにアジモやニラモの生えている藻通りがあった。中でもイマネ（今根）とかコネ（古根）という岩礁は、魚の溜《た》まり場であった。浅いところにアジ、ちょっと下にイサキ、アイナメ。そのまた下の幾分深いところに、マダイ子のカイズとかシマダイがひらりひらりと泳いでいた。よく見える目でのぞけば、一尋《ひとひろ》（六尺＝一・八一八メートル）も二尋も底に、目が二つ光っていた。全身透明のタコであった。

与助はイマネまで漕いでいくと、あとは櫓をあげて、舟を流すことにした。藻が舟の底をこする。今、藻は赤く、それが陽に透けて美しかった。そこをすり抜けるアジの肌も薄く桃色に染まっていた。藻の色が映るのか、それとも保護色なのだろうか。

与助はここが好きであった。漁期以外は滅多に漁師は来ない。ここに来て水の中をのぞいていると、時のたつのも忘れた。

ふと気がつくと、幸三は相変らずじっと座っていた。ここへ来て海の美しさに見惚《と》れないなんて……。

「ごらんなせえ、ぼう。冨士山の中腹にナガワタシの雲がかかってやすよ。」

幸三はそれさえふり向かなかった。

海の上はべたなぎで、わずかに風があった。陸よりはしのぎやすい。それでも陽が真上にくると、さすがに暑く、幸三はげんなりしていた。

「そうか、そうか。ぼうは海がきらいか。かわいそうにな。よしよし、そういう人だっていらあね。」

与助は櫓を取ると漕ぎ出した。どこでもいい。生麦以外の浜に着けて、この子を休ませてやろう。

「待っていなせえ、ぼう。」

与助は舟を本牧に向けた。十二天の鼻といって、かなり目立つ崖があり、そこは漁師たちのいい目印であった。そこへ行くには一つ潮の流れを横切らなくてはならない。

「ちょいとゆれるけんどさ。なあにひとまたぎだ。それさえがまんしてもらえば、すぐだ。なあ、浜でひと休みして、そこで魚もらって帰んべ。」

浜でいばっている三十郎親方をだますことになるが、それも面白いではないか。ばれりゃあただではすむまい。おら、このぼうの味方よ。与助はこの思いつきが楽しくなった。

十二天の鼻の左手は白砂の続く浜で、老松の蔭には漁師の家が点々と見えた。どこも似たような景色だ。

その松林にあがると、幸三は初めて、ほっとした顔をした。

「さ、すこうし横になんなせえ。」

与助はまだ少し顔色の悪い幸三に莚《むしろ》をかけてやった。幸三はされるままになっていた。

「ま、後のことは、あと、あと。」

与助は小さく鼻唄を歌っている自分に気づき、自分で驚いた。幸三をあやす子守歌なんかでは、もちろんない。どうやら幸三の肩を持ち、大袈裟《おおげさ》にいうなら、浜の掟《おきて》を破り、勝手なことをしている昂《たかぶ》りだったかもしれない。

「春は花咲く　あの山ざくら
花は　エイ　ドッコイ
みごと　咲く　エイ

みごと　咲く　エイ
花はいろいろ　八重《やえ》に咲く
八重に咲く　花は祝いの恋の目出度《めでた》」

与助は浜でも、それから舟でも、そばに誰かいる時は決して歌わなかった。だから与助が歌うとは、誰も知らなかったろう。

幸三は眠ったわけではなかった。だから突然、与助が歌い出した時には驚いた。しかし身動きしたら、与助は歌うのを止《や》めるかもしれないと、じっとしていた。

「さてもみごとな　ぼたんの花よ
折って　エイ　ドッコイ
ひと枝　エイ
ひと枝　エイ
ほしゅござる　国のみやげに
ほしゅござる　花は祝いの恋の目出度」

もっと驚くことが起こった。

莚の下で幸三が小さく、与助の歌に合わせていたからであった。何とも細い澄《す》んだ声であった。ニラモをすり抜ける銀色のサヨリが歌い出したら、きっとこんな声だろうなと、与助は思った。

　幸三だって人前で歌ったことなどなかった。でも本当は好きだったのだろう。老人と少年は偶然、同じ秘密を持ったことになる。そのことが、ふたりを一層近づけたといえそうだ。

「ぼう、舟にのるのをいやがったな。どうしてだい。」

「漁師になんかなりたくないもの。」

「あれ、どうしてだ。」

「よくわかんない。でも餌つける時、魚ちぎるのはいやだ。針につけるのもかわいそうだ。魚は泣き声出すもの。」

　浜の子がそんなことをいっても、三十郎はもとより、浜の連中だって、「しゃらくせえ」といって、笑い出すに決まっている。でも与助じいはうなずいた。

「そういや、カジキを釣りあげてよ。あばれる奴の頭を櫓で何べんもたたいて殺すのは、いくらやってもいやなもんさ。馴れるなんてうそだ。うん、ぼうのいうのと同じかもしんねえ。」

「どうして、漁師になんなきゃいけないんだろう。」

「ぼうは何になりたいんだ。」

「なんでもいい。漁師以外なら。」

「………」

困ったなと与助は思った。自分にはどうしてもやれない。三十郎親方もおかみさんもぼうを頼りにしていなさる。どうでもぼうは漁師にさせられちまうな。ま、当分はここへ連れてこよう。後のことはまたあと、あと………。

幸三は時々、朝出かける時、思い出したようにぐずる時があった。

「舟にのるのがいやだよう。」

というのだが、舟に乗るのが嫌なのではなく、与助の舟にいそいそ乗るのを覚《さと》られたくないのであった。「海に馴れた」と家の者に思われるのは困る。

母親と姉だけは、幸三の気持ちを見通していた。それより無口同士、舟で何をしているんだろうねと、おかしがった。

ある日、幸三は与助じいに夜舟に誘われたといって出ていった。

「へえ、夜がおっかないって、はばかりにいくのもあたしをおこしてたのに、与助じいはどこへつれてってくれるんだろう。」

「磯まわりだろ、おっかさん。」

「でもさ、気になるじゃないか。若いもんに見張っててもらったんだけど、魚見《うおみ》台からすぐそれて、見えなくなったって。大分沖に出てるらしいよ。」

与助と幸三は、陸《おか》でそんな話をしているとは気づかず、静かな夜の海へと漕ぎ出していた。星がきれいであった。

「あれがヒトツ（北極星）という星でやすよ。あの星は動かないので、海の上では目印になりやす。覚えておきなせえ。その横の四つ並んでいるのがシソウ。ヒトツのまわりをシソウがかぶりそうになるんで、番をしているのがあれ。」

与助はしゃべりながら、自分で苦笑いをしてしまった。今までこんなにしゃべったことはなかった。夜の暗さがそうさせるんだろうか。この幸ぼうにならら、何でも話せる……。

「おっ、ぼう　聞こえやすよ。」

与助は舟ばたから乗り出して、耳を澄ました。ぴしゃりぴしゃり、小魚のはねる音がした。与助は勘が当たったなと思った。実は昼間、潮の流れが変ったのに気がついたのだ。

大体内海（東京湾）は静かであった。

浦賀の沖に出れば親潮が通っているが、湾の中には入ってこない。それでも小さな流れはあった。

冨士の方角から来て、鋸山《のこぎりやま》（千葉県）の方に向かう流れと、逆に房総から来て、品川に突き当たり、左折するのとあった。この潮に乗って、ブリが産卵に来て、また出て行ったり、サンマが回遊したり、秋になるとイワシが入ってきて、それを追ってクジラも来た。この流れも時々変る。すると違う魚も紛《まぎ》れこんでくる。黒船が来たり、その番をする舟がうろうろしたりするくらいで、魚は変らなかった。

「一匹はねりゃあ、その下には千匹いやすよ、ぼう。」

与助は松明《たいまつ》を突き出して、透かして見た。

「おっ、イナダだよ、ぼう。いる、いる。さ、教えた通り網をひろげてみなせえ。」

実は幸三が釣りを嫌がるので、それなら投げ網ならと、網の稽古《けいこ》をしたのである。初めは本牧の松林で、莚を投げることから練習した。

「ぼう、今だ。」

幸三は小さな足をふんばって、網を投げ上げた。網は小さく広がり、魚の群をおおった。

「よし、かかった。それっ　ひくんだ、ぼう。」

幸三があわてて網をたぐり寄せたが、イナダは一匹もかかっていなかった。幸三の「かかってたらどうしよう」というためらいが、たぐり寄せるのを一瞬遅らせたからだった。

ある日突然、また事態が変った。

ためしが近日中にあるというのである。せっかく海や舟、魚たちにも気分をほぐしかけていたのだが、幸三はまた固くなった。

三十郎親方は幸三が海に馴れるのを待っていたのだ。もう大丈夫と思ったのだろう。

「今年のためしはどういう形にしようか。浦賀沖に御用船といっしょに沈んだ『千鳥の香爐《こうろ》』のひきあげにしようか。イマネ（今根）の下でタイを素手でつかませようか。」

幸三は青くなった。

「いやだよう、おら、ためしなんかにいかねえよう。」

「何を、またはじめやがった。」

「おら、おっかねえもの。」

「浜の子がなんだ。」

おっかねえ、おっかねえ……で、幸三は何も喉《のど》を通らない。

それでも相変わらず幸三は与助が誘いに来ると出ていった。

ある朝、与助と幸三は小釣り舟で乗り出していったが、そのまま帰ってこなかった。どこかで水舟になったのかもしれないということになった。

「あんなにいやがっていたのに、海で溺れたのか。気の毒に。」

浜ではいい合っていた。

さて、だいぶ後の話であるが、千葉の富津《ふっつ》の釣り宿に、歌の上手な漕ぎ手のじいさんと孫がいたという噂をする人がいた。東京から来た釣り客であった。

「じいさんの歌が、ちょっと房総とは違うんでね、わかんなかったが、ここに来て納得した。ありゃ生麦のお舟歌だ。」

でも、それを与助と幸三に結びつける者はひとりもいなかった。ふたりが歌う声など、浜の者は一度も聞いたことがなかったから。

新内流しの春太郎

明治七年、晩春

鶴見の茶屋町に新内《しんない》流しのふたり連れがよく来るようになった。新内とは浄瑠璃《じょうるり》の一派で、鶴賀新内がつくり出した。「春《はる》さん」、「竹」と呼び合っているが、春太郎も竹弥も本名ではないだろう。どこかの小普請《こぶしん》の御家人《ごけにん》の息子たちらしい。固苦しい武家を嫌って、新内の稽《けい》古《こ》所通いの道楽が、今身を助けているといったところ。ふたりとも腰の大小は外しているし、ざんぎりにこそしてないが、髪も芸人風に結《ゆ》い直していた。

春太郎は気さくでとっつきいいが、竹弥は無口、おっとりしている。

「へえ、腹のからっぽの方が春さん？　春風たいとうが竹さんかよ。逆じゃねえのか。」

ふたりは開港景気の横浜目指して稼ぐつもりだった。どうも嫌がる竹弥を、春太郎が無理やり連れ出したらしい。ところが哀調切々の新内は、熱っぽくなっている横浜には合わない。

その点やや落ち着きをとり戻した鶴見生麦《なまむぎ》辺の茶屋町に、二挺《ちょう》の三味線の音締《ねじ》めがちんつん、ちんつん響くのは似合うというものだ。春太郎がまた艶《つや》のあるいい声であった。

「流しにしとくのは勿体《もったい》ないよ。」

ふたりを呼び入れた茶屋のおかみはいった。

「横浜がだめでもさ、こんな田舎まわるよか東京《とうけい》で流した方が実入《みい》りが違うだろう、春さん。」

「トッケイ、トッケイ……って、おんどりのときじゃねえってんだ。あっこは官員ばっかいばってて情緒も何もあるもんか。」

ちょっと春太郎の調子がいつもと違って、おかみがおやっと見直すと、もう春太郎は何でもない調子で笑顔になっていた。

「徳川の恩を忘れやがってる連中が多くてね、おいらも竹も朝敵《ちょうてき》よ。苦労するよ。」

「うちの姑もさ、徳川さまびいきでねえ。キウリを切ると種の模様が三つ葉葵《あおい》に出るんで、キウリはいただかないよ。」

東京では新政府の方針で、端歌《はうた》（長唄に対して短い俗謡）や新内など軟弱で、風紀を乱す。三味線もまかりならぬで、羅卒《らそつ》（巡査）に捕《つか》まった。つまり東京では営業ができないのであった。

もう一つ政府の嫌がるのは、都々逸《どどいつ》とか口説《くど》き節で、おかみを批判する時局小唄をやるが、それを嫌がった。

「やれやれ　みなさま　聞いてもくんねえ

そもそも今度のさわぎといったら

チャカポコ　チャカポコ」

とはじめると、人も集まるが、羅卒も飛んでくる。

「上からは明治だなどというけれど

治まるめえと、下からはよむ」

ここでどっと拍手がくるが、歌った芸人は大概《たいがい》留置場送りとなる。

取り締まる羅卒は、西郷隆盛が鹿児島の兵士を千人連れて来た。羅卒というのは足軽のことで、身分的には兵士より下。そこのところは連れてこられた連中も不満だったらしい。後に巡査と呼び名が変った。

その羅卒が三尺棒をふり上げて、

「おい、こらっ」

とやるもので、芸人たちの当面の敵《かたき》はこの羅卒であった。

「ドジョウのおひげで、ぬらくら歩き

やっぱりナマズのお仲間だんべ

オヤマカチャンリン　そば屋の風鈴」

ドジョウは羅卒、ナマズは官員を指している。「ネコじゃネコじゃ」の歌も、もとは官員をからかったものである。

その頃（明治初年）、鶴見に常設の芝居小屋とか寄席《よせ》はあったのだろうか。鶴見の古い記録を見ると、

鶴見演芸場
鶴見倶楽部
生麦亭

の名が出てくるが、それらが明治の初めにあったものかどうか。例えば鶴見演芸場には、太平という落語家が人気があったとあるが、その太平がいつ頃の芸人なのか、それさえわからない。古い地図を片手に、大通りとか昔賑《にぎ》わったらしい横丁を丹念に探ってみたが、今になっては見当もつかない。潮田《うしおだ》地区にも

山田亭
末広亭
潮《うしお》亭

があったそうだ。入場料は大人が五銭、子どもが三銭。中売りには南京豆、せんべいという記録を見つけたが、どうも明治の終りか、あるいは大正ごろのような気がする。

芸能社というか、今でいうなら芸能プロダクションだが、それは隣りの市場町《いちば》にあって、お祭りのよしず張りの掛け小屋の演芸には、ここから芸人が来ていた。常設の劇場だと、多分東京から呼ばれたのではないか。大阪から下《くだ》って来た旅の劇団も何日か興行したらしい。

芸能関係で鶴見の自慢は、少し下って明治の三十年代になるが、人気のあった講談師、松林伯円《はくえん》の隠居所が鶴見にあったことだ。成願寺《じょうがんじ》(明治の頃総持寺《そうじじ》の山内にあった。現在は駒岡に移転)の近くである。伯円といえば、「怪談牡丹灯籠《ぼたんどうろう》」の作者の三遊亭円朝と人気を二分したというから、鶴見の人たちの自慢もわかる。

伯円は泥棒ものが得意で、泥棒伯円の仇名《あだ》があった。

ある時泥棒が、東京築地の警察に捕まったが、

「じつは伯円の『ねずみ小僧』を聞いて、泥棒をやってみる気になりました。」

と、自白した。そこで刑事は伯円を呼び出した。

「あんたも高い所から大きな顔をして話を聞かせるなら、人をふるい立たせる太閤記とか義士伝でもよめ。」

「いや、それは違います。講談は勧善懲悪といって、悪は栄えたためしなし。盗賊もはじめはうまいことといっても、最後は警察につかまって、お仕置《しおき》を受けるようにできています。世間の道徳にかなっています。」

伯円は堂々と胸を張った。そこで再び刑事は泥棒にいった。

「おまえ、おしまいまで伯円の話を聞かなかったな。なぜ千秋楽まで通わなかったんだ。」

この種の逸話はいくらでもある。例えば評判の「ねずみ小僧」をつくる時、伯円は昼は浅草の弁天山の席亭に出、夜は四谷《よつや》の荒木亭であった。弁天山が終ると歩いて四谷に通うのだが、毎日道順を違えた。そして矢立《やたて》と紙を出し、大名屋敷や旗本《はたもと》の家を書きとめた。実はねずみ小僧が荒し回った屋敷の具合、地理を調べる為であった。

伯円は明治三十八年二月八日、鶴見で亡くなった。七十四歳であった。

「ろくいむ」の常連たちは物見高く、何かあると、それっと飛び出す口だから、芝居と聞くとじっとしていられないが、入場料もいることだし、歌舞伎見物となると一日仕事であった。朝八時ごろからはじまり、夜十一時ごろはねる。その間ぶっ通しだから、この連中には無理。手っとり早いのが大道の芸、流しの芸となる。中には声色のうまい芸人もいて、名優の真似をしてくれるから、それで芝居を見物した気になっていた。

ある昼下がり、「ろくいむ」のおけいは子安《こやす》に筍《たけのこ》を仕入れに行った。竹の背負《しょ》い籠《かご》に、泥のついた太い筍が十本。

「こいつも持ってけや。」

と、早摘《つ》みした空豆も持たされた。おとっつぁんが喜ぶだろう、初物だもの。青い空豆の匂いや、満ちて来たのか、やけに大きく響く潮騒《しおざい》に、おけいは酔ったようにいい心持ちで歩いていた。

ふと薩摩の兵隊が三人やって来るのが見えた。黒いズボンに黒い筒袖《つつそで》の上着、兵児《へこ》帯のようなのを服の上から巻き、そこに刀を差していた。少し千鳥足でふらりふらりしている。まだ陽が高いというのに、どこかの店で酒を飲んで来たらしい。

関わり合いにならないよう、道の端によけた。すると兵隊はわざとなのかどうか、よろよろよろっと寄ってくる。戻ることもできない。次の路地で走りこもう。おけいは目を伏せて、少し足を早めた。

突然どしんと肩を突かれた。兵隊の足が意外に早かった。いつものおけいなら素早くかわせたのに、背中の籠が重くて自由にならず、簡単に転がされた。筍は飛び出すし、空豆は散らばるし……。起きあがろうにも、籠に残っていた筍がごろんと動き、弾《はず》みでおけいはもう一度不様《ぶざま》に転がった。

「やい、わざとぶつかって来やがったな。」

おけいの顔をにやにやのぞいて、兵隊はまた胸を突いた。拳がまっすぐ胸に来て、おけいは息が詰まった。

あとのふたりの兵隊はにやにやしている。

おけいは恐怖で頭の中が白くなった。胸が冷たくなる。ああ、殺されるんだ。おけいは気が遠くなった。

ふと気がつくと、つかまれていた肩も、押さえられていた胸も楽になった。誰かが兵隊を引き放してくれたのだ。それが新内の春太郎であった。

「よせ、よけいなことをするな、ほっとけ。」

と止める竹弥に三味線を預け、腕力沙汰は感心しませんな。」

「市民を守る兵隊が、腕力沙汰は感心しませんな。」

「なにっ、貴様はなんだ。」

ふたりの兵隊も詰め寄って来て、刀の柄《つか》に手にかけた。

「おいらはしがない新内かたりです。ちょっとその娘とは知り合いでね。何、失礼があった？　それは、それは、それではおいらがお相手を。」

「貴様、よけいな口出しをするな。」

新内語りが着流しで、素手と見ると、兵隊たちは強気になってわめいた。

「おいにぶつかって来たのは、その小娘だ。おまえが代りになるだと、場合によっては手を見せんぞ。」

兵隊が刀を抜こうとする前に、春太郎は腰を低く沈め、相手の足をつかむと、ぐっと引っぱった。兵隊は他愛なく仰向《あお》けに倒れた。春太郎はもがいている手を取ったと思ったら、その兵隊は放り投げられ、並木の松の太い幹にしたたかぶつかり、動けなくなってしまった。どういう手が使われたのか、他の兵隊は呆然《ぼうぜん》としていた。

「覚えていろ。」

兵隊たちは動けない兵隊を両方から抱えて、行ってしまった。

「立てるかい。」

春太郎はおけいを引っぱり起こしてくれた。

「送って進ぜよう。」

「い、いえ、大丈夫です。あ、あたしは一膳めし屋ろくいむの者です。夜、お寄りください。」

さっき、おけいを知り合いの娘みたいなことといってたけど、そんな訳《わけ》ない。おけいは丁寧に頭を下げた。

「ね、夜、寄ってくださいい。きっとですよ。」

そういうわけで、このところ春太郎と竹弥は流した帰り、「ろくいむ」に寄って稼ぎを分けたり、衣裳を変えたりしていくようになった。時にはしんみり、歌を聞かせてくれたりもした。

「何かやるかね、おのぞみは？」

春太郎は、六右衛門の自慢の伽羅蕗《きゃらぶき》で一杯やると、三味線を構えた。

するとすかさずおけいが
「蘭蝶《らんちょう》。」

といった。

「なに？」

春太郎と竹弥は顔を見合わせた。小さな娘が所望《しょもう》する曲ではない。蘭蝶は確かに新内の名曲には違いないが……。おけいは鶴見の人たちが春太郎のことを「蘭蝶みたい」といっているのを聞きかじっていただけ。つまり蘭蝶しか知らなかったのである。

蘭蝶とは声色の名人で、ちょっとした男前、此糸《このいと》という芸者との仲を、女房のおみやに知られてしまった。おみやは此糸のところに行って、「別れておくれ」と迫る。此糸は「きっぱり別れます」といい切った。それを陰で聞いていた蘭蝶は「おまえ死ぬ気だな」。それほどの仲でもなかったのに、蘭蝶は一緒に死ぬという筋《すじ》。

「子どもには聞かせられねえ。あいにくだったね、おけいさん」

「あ、馬鹿にした。あたしだってわかる。でもわかんないのは蘭蝶の気持ち。どうして心中するのさ。え、なぜ?」

「わかった　わかった。」

持て余した春太郎は竹弥に合図し、三味線の糸をぴーんと弾《はじ》いた。

「では、蘭蝶のひとふし。おけいさんに。」

「縁でこそあれ　末かけて
約束かため、身をかため
せたいかためて、落ちついて
ああ、うれしやと思うたは
ほんに一日あらばこそ……」

「あーあ、やっぱし横浜はいいよ、なあ、竹。」

ある日、春太郎は「ろくいむ」の樽《たる》椅子に坐ると、つくづくいった。

「横浜はいい。今度大っきい芝居小屋ができるんだと。建築中だった。知ってたかい?」

今度は浅葱《あさつき》を切っていた六右衛門にいった。六右衛門はふたりにアサリのぬたを作っているところだった。

「住吉町だ。公園の前の一等地だよ。港座っていってた。」

ああいう表舞台に立ってみたいといいたかったが、春太郎は飲みこんだ。新内節《ぶし》は決して表に出られない、陰の音曲《おんぎょく》といわなくてはならないのが、悔しかったからだ。

「ああ、そいつははじめ港崎《みよざき》にあったやつで、落語や講談をやってた小さな席亭でしたがね、豚屋から出た火事（慶応二年）で丸焼けになった小屋ですよ。高島嘉右衛門《かえもん》さんが買ったってえ話だが、そいつでしょう。」

横浜は開港するや、あっという間に目覚ましい繁栄をとげたが、この高島嘉右衛門の力が大きい。神奈川一帯を埋め立てたり、新橋横浜間の鉄道を敷くのに尽力したり、ガス会社も建てた。

ガス灯は明治七年三月一日、ガス会社の建物高島館の楼上の欄干《らんかん》に、菊とか桐とか、かなり大がかりな花ガスのイルミネーションをつけた。花ガスというのは、細い管を花の形に曲げ、点々と穴を開け、火を点《つ》けると、火の花が浮き出すように細工したものだ。これには横浜じゅうが沸いた。

「ガスてぇのは、石炭をいぶした息だとよ。あの匂いは嗅《か》いじゃいけねえ。息つめてろよ。」

「こりゃあ、キリシタンの魔術だ。高島は日本を売り渡した。」

「会社からここまで地面の下に管が通ってんだと。地下で火を吹いたら横浜は火の海だ。」

などなど、本気でいう人たちもいた。

高島嘉右衛門が劇場にまで手を出した。港座の外装をお手のもののガス灯で飾るつもりらしいが、その内装にもガスを使うという噂だった。

敷地　　三百十七坪
建坪　　二百四十三坪
収容人員　一千六十人

「東桟敷《さじき》の三間を、嘉右衛門はおっかさんの観覧席にあててあるんだと。そこはいかに混もうと、大入りになろうと開けておくんだとよ。」

それも評判の一つ。

明治七年の夏は、横浜は雨が多かった。六月十一日から降りはじめ、薄曇り、薄晴れもないではないが、小雨が続いた。梅雨の時季だから仕方がないが、工事は難行した。

そういう雨の中でも、物見高い連中はいるもので、雨仕度で何時間も見物していた。ろくいむの常連、桶《おけ》屋の伝さん、大工の佐吉たちも出かけて行っては、やれ、棟があがったの、ぶっとい梁《はり》を渡したの……と、ろくいむに報告に来た。

さていよいよガス灯の取りつけ、点火という日は、見物人も倍になった。そして火の入った瞬間、どっとどよめいた。ガスの火口から出るガスの焔《ほのお》は扇形に広がり、やっぱり明るい。

「うーん、こいつは開化だ。」

という実感を、見ている人たちはみな感じた。

開場の予定は七月二十五日と発表されていて、広告の番付表もそうなっていたから、劇場側は気が気ではない。ようやく晴れたのが七月二十四日で、その日やっと完成した。

工事と併行して、演《だ》しものにも嘉右衛門は力を入れた。何とか開港場にふさわしい新機軸の芝居を上演できたらなあ。

そして東京の戯作《げさく》者、仮名垣魯文《かながきろぶん》に頼んだ。魯文は異国情緒の居留地とか、波止場、発展目覚ましい開港場の活気に興味があり、何度か横浜通いをしていた。そこで
「やりましょう。」

と、魯文は乗って来た。

「では先生、脚本を書いてください。」

「いや、私は年をとった。新天地にふさわしいのは若い才能だ。幸い私はいい作者を知っている。それに書かせましょう。材料は私が提供します。」

魯文の連れて来たのは、瀬川如皐《じょこう》であった。

できて来た脚本は七幕十五場の大作であった。ペリーの黒船の来航、井伊大老の暗殺、大政奉還など時勢の移り変りを劇にしたもので、西郷隆盛（劇中では拝郷七之助）、勝麟太郎

（発吟太郎）、井伊掃部守（白井嘉門之助）、安藤対馬守（円藤左司馬）、新門辰五郎（金紋初五郎）など、今を時めく人が出てくる。これこそ維新劇のはじまりで、題は「近世開港魁《きんせいみなとのさきがけ》」とした。

その番付けも文明開化らしいレイアウトで、全体が蒸気車の形でふちどられ、ガス灯で題を飾るなど苦心があった。

役者は大坂から来た中村翫雀《かんじゃく》を座頭《ざがしら》に、市川助寿郎、中村鶴助など。

そして、その日が来た。予定より一日遅れて二十六日。

初日はなぜか午後六時の開演であった。小屋側でガスの威力を示すための夜間興業だったのだろうか。もう一つ面白いのは初日だけ入場が無料であった。そういう習慣だったらしい。けれどもそのため、普段芝居に縁のない、例えばろくいむ入り浸《びた》りの源さん、佐吉、又やん、伝さんという連中までが押しかけた。それも商売放っぽらかして、前日の夕方から木戸の前に群がっていたが、全然退屈しない。見るものはいっぱいある。何を見ても胸のおどることばかり。

正面入口の上には出演の俳優の全身像の絵の額があがっていた。おまけにその絵をガス灯が照らしていた。小屋の周りの照明もふんだんであった。点灯夫が一つ一つ得意そうに点けていくのを、口あんぐりで見上げていた。

そして入場。大戸を開けると、我先《われさき》に入ろうとするから大混乱。

「押すなって、押さないでおくれな。」

「やい、ばあさん、芝居見物したことねえな。木戸の押し合いに押すななんてやぼだぜ。」

文句をいわれた年寄りは黙っていない。いわれた十倍は返す。

当然巡査（その頃羅卒は改められていた）が十人ほどやって来て整理していたが、昂奮《こうふん》している人たちは聞くもんじゃない。大変な混乱。たちまち満員で、木戸を閉めなくてはならなかった。

「明けろ。」

「入れておくれ。」

押し入ろうとするから、境の横桟《さん》は外れるし、板壁は壊れるし、閉めた扉はしなう、看板は倒れるでけが人が出た。

そして入ってびっくり。劇場には数百のガスが燃えていて、きんきらきんの不夜城。誰もが入場のすったもんだは忘れた。

フランスの東洋学者、エミール・ギメがこの港座を見て、報告をしている（『一八七六・ボンジュールかながわ』青木啓輔訳）。

ギメが来日して港座を見たのは明治九年で、演《だ》しものも違う。でも劇場の中も、観客たちもそう違わないはずだ。ただ説明は面白い。

「客席は大きな平土間の座席と、桟敷《さじき》になっている一列のギャラリー（中階席）からできている。平土間は腰かけるのでもなければ、立見席でもない。しゃがみ席である。客はかかとの上に腰をおろし、そのままの姿勢で——これは日本人の習慣になっているのだが——上演中ずっと観覧する。」

こういうところもある。

「客席はガス灯で照らされ、かなりの暑さである。したがって客は服装をできるだけ簡単にし、若者の中にはまったく身につけていない者があるほど気楽に構えている。」

当時肌脱ぎの芝居見物は普通だったのは、他の本にもあった。

だから、港座開場の観客も、こんなものだろう。

舞台の照明にもガス灯が使われていた。それまで芝居の照明は百匁蠟燭《めろうそく》だった。それらを止めてガス灯が全体を照らしていた。その為、俳優の顔どころか衣裳の模様まで美しく映《は》えた。

この工事はフランス人技師のプレグランに任された。プレグランはそれまで上海のフランスガス会社にいたが、高島嘉右衛門に月給二百五十円で呼ばれ、外灯はもちろん、港座の照明を西洋流にやった。パリの劇場と同じであった。ガスの口数は百いくつ。

花道にも点々とガス灯が並んでいた。客の中にはわざわざ立って行って、タバコの火を点けて喜んでいる客もいた。

事件はその後、起こった。

ようやく劇がはじまり、一幕第二場、徳川館《やかた》の段になると、桟敷の中ほどで、突然騒ぎ出した者がいた。立ちあがり舞台に向かって怒鳴ったり、石を投げつけたり……。その周りの悲鳴はたちまち小屋じゅうに伝染。それ、喧嘩かと大騒ぎ。

「徳川を悪く書いている。上演中止。」

舞台の官軍に扮した俳優に向かって投げた小石がガス灯のガラスを割った。石が客席にあるわけがない。ふところに用意して入って来たのである。不平士族の反乱であった。

容疑者はその場で取り押さえられ、縄で後ろ手に縛られた。おけいたちは大分後ろの隅《すみ》の席にいたが、その横を引かれて行った犯人を見てびっくりした。新内流しの春太郎だったから。

春太郎は昂然《こうぜん》と頭をあげていた。いつも鶴見を流し、「ろくいむ」でも蘭蝶を唄ったいなせで粋《いき》な春太郎と違う。東海道の松並木でおけいを助けてくれた、向こう気の強い一本気の春太郎とどっちが本当の春太郎だろう。

「竹さんは?」

「逃げたんだ。やつははなから投げてたもんな。」

春太郎の拘留は三十日だった。

その後どうなったのか、春太郎も竹弥も鶴見にはやって来なかった。

あとがき

鶴見（横浜市鶴見区）で生まれたわけでもなく、親類もいません。その私がなぜ鶴見、鶴見……なのか、とにかく私にとって鶴見は大切なホームグラウンドになっています。

鬱屈した時、書く材料が見つからず七転八倒した時（そんな事しょっちゅうですが）ふらっと鶴見に出かけます。旧東海道を歩いたり、山の手の方に行き、坂をあがったりおりたり、あるいは鶴見川のふちに立って水の流れを見ていたりすると、それだけで肩の緊張も、胸のつかえも、きっちり緊めつけていた頭の鉄の輪もいつの間にかなくなっています。

おまけにおみやげもいただいて来ます。そうだ、この次ぎは今、道を教えてくださった方に登場していただこう。お名前はさっき通りがかりに見た標札の一字を拝借しようなど。

明治初年、内職に金魚を飼った武士になってもらおうか。それとも小田原の花火職人が鶴見に移って来て、お祭り花火を揚げるというのは？

ここ何年かタマちゃんというアザラシの子が人気ですが、江戸時代にも結構いろんな動物がやって来て、鶴見の人たちにかわいがって貰ったようです。名主の記録を見ますと、ウミガメが浜に揚がって来たので、酒をふるまって海へ帰したとか、アザラシだかカワウソのかわいい表情が話題になったこともあったようです。つまり鶴見を歩いていると、そういう話に出会えます。

私は現在、甲州街道沿い、新宿追分《おいわけ》から十キロメートルの烏山《からすやま》に住んでいます。ここは高井戸宿《じゅく》と調布宿の中間で、合の宿であり、上宿・中宿・下宿と分かれています。だから少し昔の烏山の話を書けばいいのに。ちょっと贅沢をして、遠い所に行ったのがよかったのでしょうか。

最初は短編の材料で一つか二ついただければと出かけたのです。ところが鶴見は宝の山でした。そこには名主の日記をはじめいろいろな記録は残っているし、江戸期の名店の跡もあるし、そこに登場してくる方々は個性的だし、同時に日本中どこにでもいるという普遍性もありました。それからです。私の鶴見通いがはじまったのは。

他国者がずかずか、或いはこそこそ入って行って、勝手に材料を貰い、うそ八百書いているので、さぞかし鶴見の皆さんは苦々しくお思いでしょうね。「鶴見友の会（会員は私ひとり）」が認知して貰えないのはわかっています。だからなるべくうそを書かないように心がけています。ヒントを貰うと、その検証、例えば事情を御存じの方にうかがうとか、記録を探したりとかですが、じつはそれがまた楽しいのです。

例えば「黒い瞳のスーザン」は生麦事件関連で書きました。幕末のこの地区を書くのには、この事件はさけられません。でもあまりに大きく重い事件で、私にはとても手がつけられません。ある時、斬られたイギリス青年チャールド・リチャードソンを介抱した美少女おくにの事を知りました。新聞記者がスクープし、世界中で知られる事になり、その後もその娘に会いに来る人が絶えなかったそうで、私はその娘の線から生麦事件にさわってみました。さわっただけで終わっていますが。「生麦事件参考館（生麦町一－十一－二十）の館長浅海《あさみ》武夫さんに御教示賜りました。

「ユリの行方」もかなり夢中になりました。

ユリは神奈川県の県花で、神奈川の岡は夏になるとユリでいっぱい。そういえば子どもの頃、小田急電鉄（新宿－小田原、江ノ島間）に乗り、多摩川を越えると、そこはもう神奈川で、車窓にヤマユリが一列、重たげに花を揺らしていました。遠景の白い点々もなかなかの風情でした。今「百合ケ丘」という駅もあります。その記憶を根拠に書きました。

「鶴見の氷事情」も、子どもの頃の思い出が力になっています。あの頃関東の冬は寒くて朝、窓ガラスには霜の結晶がつきましたし、雪もよく降り、池もよく凍りました。これも小田急電鉄ですが「向ケ丘遊園」の丘のふもとに天然氷のスケートリンクができ、そこでスケートができました。すべるよりころんで、オーバーもスカートもお尻の所だけびしょびしょ。電車で帰るのが恥ずかしかったです。

さて、本編はおけいちゃんという少女の視点で書きました。最初おけいちゃんは嘉永六年（一八五三）に十二歳でした（「おけいちゃん」）。それが明治七年（一八七四）も十二歳のまんまです。かぞえたら三十二歳だと編集段階でチェックされ愕然（「新内流しの春太郎」）。私の中ではおけいちゃんは永遠に十二歳なんです。

ところで、こうやって書いたものを同人誌「さん」がのせてくれました。「さん」は児童文学を書いている仲間の実験場であり、道場であり、発表のアンデパンダンでもあり、めいめいにとって貴重な頁なのです。そこを毎回のせてくださるわけで、恐縮しながらお願いして来ました。「さん」がなかったらこの作品たちは、私のメモ帳の中で終わっていたでしょう。

そしてこの度、長野ヒデ子さんの御紹介で、石風社の福元満治さん、藤村興晴さんが、本にしてくださるといわれました。その上、前に偕成社の出してくださった『東海道鶴見村』、『鶴見十二景』も復刻してくださるというのです。前回にひきつづき田代三善さんから美しい絵もいただきました。こういういいことばかり。ああ、お召しが近いのではと思っています。たくさんの方々、本当にありがとうございます。

初出一覧

おけいちゃん　「日本児童文学」一九九二年一月号
イッピンシャンの冒険　「さん」第七号（一九九一年十二月）
黒い瞳のスーザン　「さん」第十八号（二〇〇二年十一月）
犬の抜け参り　「さん」第十九号（二〇〇三年十一月）
元治元年のサーカス　「さん」第八号（一九九二年十二月）
こがねのゆびわ　「さん」第十四号（一九九八年十一月）
そこのけそこのけ蒸気車が通る　「さん」第九号（一九九三年十二月）
鶴見赤ナス金太ナス　「さん」第十号（一九九四年十二月）
鶴見の氷事情　「さん」第十六号（二〇〇〇年十一月）
ユリの行方　「さん」第十五号（一九九九年十一月）
姫君さま神かくし　「さん」第十二号（一九九六年十一月）
生麦のお舟歌　「さん」第十一号（一九九五年十一月）
新内流しの春太郎　「さん」第十七号（二〇〇一年十一月）

著者　岩崎《いわさき》　京子《きょうこ》
1922年、東京生まれ。短篇「さぎ」で日本児童文学者協会新人賞を受賞。『鯉のいる村』（新日本出版社）で野間児童文芸賞、芸術選奨文部大臣賞、『花咲か』（偕成社）で日本児童文学者協会賞を受賞。主な作品に『かさこじぞう』『ききみみずきん』（以上ポプラ社）、『十二支のはじまり』（教育画劇）、『けいたのボタン』（にっけん教育出版社）、『赤いくつ』（女子パウロ会）『一九四一　黄色い蝶』（くもん出版）『街道茶屋百年ばなし　熊の茶屋』『街道茶屋百年ばなし　子育てまんじゅう』（以上石風社）などがある。

装画　田代《たしろ》　三善《さんぜん》
1922年東京生まれ。日本美術家連盟、日本児童出版美術家連盟会員。主な作品に『龍の子太郎』（講談社）『太陽とつるぎの歌』（実業之日本社）『こしおれすずめ』（国土社、ボローニャ国際絵本原画展出品）、ＮＨＫテレビ文学館『雪国』他、『久留米がすりのうた』『音吉少年漂流記』（以上旺文社）、『おばけ』（佼成出版社）、『東海道鶴見村』『海と十字架』（以上偕成社）、『ぼくのとうきょうえきたんけん』『源義経』（以上小峰書店）、『道元禅師物語』（金の星社）などがある。

街道茶屋百年ばなし　元治元年のサーカス

二〇〇五年三月十五日初版第一刷発行

著　者　岩崎京子
発行者　福元満治
発行所　石風社
福岡市中央区渡辺通二—三—二四　〒810-0004
電　話　〇九二（七一四）四八三八
ファクス　〇九二（七二五）三四四〇

印　刷　正光印刷株式会社
製　本　篠原製本株式会社

中村哲＋ペシャワール会編
空爆と「復興」　アフガン最前線報告

米軍による空爆下の食糧配給、農業支援、そして全長十四キロの灌漑用水路建設に挑む著者と日本人青年たちが、四年間にわたって記した修羅の舞台裏。二百数通に及ぶeメール報告を含む、鬼気迫るドキュメント　（2刷）一八九〇円

トーナス・カボチャラダムス（画・文）
空想観光　カボチャドキヤ

「今ここの門司の町がカボチャラダムス殿下が魔法をかけている間だけカボチャドキヤ王国なのである」〈種村季弘氏〉猥雑でシニカル、豊穣でユーモラス、高貴にしてエロティックなカボチャの幻境を描いた不思議な画文集！　二一〇〇円

栢野克己
逆転バカ社長　天職発見の人生マニュアル

転職・借金・貧乏・落第……は成功の条件だった！　ラーメン界の風雲児から冷凍たこ焼き発明者、ホワイトデーの創設者まで、今をときめくフクオカの元気社長二十四人の痛快列伝。「負け組」が逆襲する経営戦国時代の必読バイブル！　（2刷）一五七五円

ジミー・カーター
飼牛万里・訳
少年時代

米国深南部の小さな町、人種差別と大恐慌の時代、家族の愛に抱かれたピーナッツ農園の少年が、黒人小作農や大地の深い愛情に育まれつつ、その子供たちとともに逞しく成長する。全米ベストセラーとなった、元米国大統領の傑作自伝　二六二五円

小林澄夫
左官礼讃

日本で唯一の左官専門誌「左官教室」の編集長が綴る、土壁と職人技へのオマージュ。左官という仕事への愛着と誇り、土と水と風が織りなす土壁の美しさへの畏敬と、殺伐たる現代文明への深い洞察に貫かれた左官のバイブル。　（6刷）二九四〇円

藤田洋三
鏝絵《こてえ》放浪記

壁に刻まれた左官職人の技・鏝絵。その豊穣に魅せられた一人の写真家が、故郷大分を振り出しに、壁と泥と藁を追って、日本全国、さらには中国・アフリカまで歩き続けた二十五年の旅の記録。「スリリングな冒険譚の趣すらある」（西日本新聞）　（2刷）二三一〇円